색다른 이야기 읽기 취미를 가진 사람들에게

색다른 이야기 읽기 취미를 가진 사람들에게

최치언

일러두기

본문은 국립국어원 한국어 어문 규범과 외래어 표기법을 따랐다. 작품의 특성상 등장인물들의 입말이나 작가의 의도가 반영된 표현 등은 최대한 살리고자 하였다.

나는 빙산,
시꺼먼 태양 위에 떠 있는
녹지 않는 얼음,
하나의 계절이 한 벌의 외투를 입고 걸어가는
하나의 세계,

여기에 네가 함께 있었으면 좋겠어.

궂은 비 내리는 날 그야말로 옛날식 다방에 앉아	9
석탄공장이 있는 市에 관한 농담	61
시체 공시장	109
색다른 이야기 읽기 취미를 가진 사람들에게	141

자신이 목격한 거대한 태풍의 일들을
어부들에게 무시무시한 전래동화처럼 구술했다.

굳은 비 내리는 날 그야말로
옛날식 다방에 앉아*

* 가수 최백호의 노래 〈낭만에 대하여〉 가사 일부

이 **오래되고 케케묵은 다방**의 문이 벌컥 열리고 비바람이 들이쳤다.

미스옥은 씹던 껌을 쟁반 아래 눌러 붙이곤 사내 앞에 엽차를 딱하니 놓고 똑 부러지게 한마디 했다. "다음엔 엽차도 없어요!" 그러나 사내는 엽차를 구걸하기 위해 이 다방에 오는 것이 아니었으므로 그 길고도 엉뚱하기 짝이 없는 이야기를 지껄여대기 시작했다.

*

"에이이런삼대째좆뿌리가썩을종자새끼들!" **욕쟁이할멈**은 자신이 뱉은 욕이 토굴 속에서 채 사라지기도 전에 **쑥과 마늘 더미 속에 처박혀 있는 놋요강**을 꺼내 들어 누런 치맛단으로 쓱 닦아 보았다. 순간 요강이 반짝 빛나며 욕쟁이할멈의 얼굴을 비췄다가 마귀처럼 옆으로 쭉 찢어놓았다. 할멈은 또 한 번 냅다 욕을 뱉을 뻔했지만, 그것이 자신의 얼굴이라는 것을 깨닫고는 요강을 들고 토굴 밖으로 나갔다. 멀리 산 아래로 보이는 마을의 불빛을 더 없는 그리움과 슬픔에 찬 눈길로 바라보며 할멈은 속곳을 훌러덩 내리깐 채 요강 위에 걸터앉았다. 피식, 방귀가 궁둥이에서 새어 나오며 요강 벽을 구리게 훑어 내리더니 몇 방울의 오줌이 찔끔거리며 떨어졌다. 할멈은 구린 냄새를 피해 코를 쥐어틀곤 얼굴을 쳐들었다. 그 순간 할멈의 눈 속에서 별들이 혼비백산 서쪽 하늘로 쓸려가며 수평선 쪽으로 떨어져 버리는 것이 아닌가. **"이런똥물에튀겨죽을것들이젠별노무것들이다늙은이를놀려쌓!"** 그 말과 동시에 비바람과 번개를 동반한 사납고도 거대한 태풍이 산 아래 나무들을 하나씩 분질러뜨리며 덮쳐오기 시작했다. 단숨에 산을 휘감은 태풍은 어찌할 틈도 주지 않고 요강에 앉은 할멈을 보기 좋게 걷어차 버렸고, 그것도 성에 안 찼는지 개울물을 반짝 들어올려 할멈의 낯짝에 흩뿌려버렸다.

할멈은 살아생전 이렇게 무지막지한 태풍은 처음 보았으므로 토굴 속으로 도망치려 했으나, 그 어떤 싸움에서도 먼저 물러나지 않는 욕쟁이할멈의 타고난 본성이 바닥에 나뒹구는 요강을 잡아들게 하고 말았다. 할멈은 자신도 왜 그랬는지 모르게 잡아든 요강을 모세의 지팡이처럼 번쩍 치켜들곤 무지막지한 욕설을 내뱉었다. "이런헛바닥을뽑아서행주로쓸것들……." 태풍도 이런 욕설은 처음 듣는지라 온 힘을 다하여 이 무식하고 막돼먹은 할멈을 날려버리기 위해 자신의 몸을 빠르게 회오리쳐댔다. 할멈은 그 회오리에 빨려들지 않기 위해 근 보름간 변비로 싸지 못한 묵은 똥심을 빌려 푸진 욕을 싸질러댔다. 바람이 얼마나 셌던지 할멈의 치맛단이 돛폭처럼 위에서 아래로 가로에서 세로로 마구 찢겨져 휘날렸고 할멈의 긴 백발도 그녀의 머리통에서 올올이 다 빠져나갔다. 그 바람에 삼대 째 물려받은 놋요강은 어둠 속 어디론가 날아가 버리고, 간신히 남은 한 잎의 속곳만이 할멈의 그 오래되고 짠 곳을 가려주고 있었다.

*

그때 오줌을 누기 위해 잠이 깬 **분교 선생**은—그는 이 섬마을에서 자신만이 유일하게 깨어있는 사람이라 자부했다—섬 전체가 탈수기에 들어가 있는 듯 심하게 요동치는 것을 목격했다. 삽시간에 선생의 눈깔이 뱅뱅 돌 정도로 온 사방이 휘돌기 시작했다. 그 회오리가 절정에 이르자 먼저 마을회관이 뿌리째 뽑혀 의자를 떨어뜨리며 그의 집 앞을 지나갔고 분교와 수협이 그리고 우체국이 어제 저녁때 걷지 않은 태극기를 펄럭이며 지나갔다. 그 뒤를 돼지와 염생이와 온갖 가축들이 악대처럼 꿀꿀 꽥꽥거리며 아직도 잠에서 덜 깬 눈으로 빙그르 돌며 허공으로 날아갔고, 그 뒤를 이어 마을 사람들이 잠옷 바람의 가장행렬을 하듯이 둥글게 원을 그리며 태풍 속으로 빨려 들어갔다. 그러나 이 모든 일이 얼마나 빠르게 일어났는지 사람들은 태풍 속에서도 여전히 깊은 잠에 빠져 있었다. 드디어 선생의 집마저 허공으로 붕 떠올라 급격히 수직 상승했을 때, 선생은 공중으로 빨려 올라가며 비명을 질러댔다. 그때 창문에 얼굴을 처박은 선생의 휘둥그레한 눈이 본 것은 까마득한 저 아래, 그 마을에서 유일하게 태풍에 날아가지 않은 채 비바람을 후려맞고 있는 **오래된 항구다방**이었다.

그시각 해안가에는 젖은 낙엽들처럼 **낯선 군인들**이 함부로 나뒹굴고 있었던 것이었다.

*

섬의 **늙은 지서장**과 미스옥은 초저녁부터 항구다방 문을 걸어 잠그고 그 둘만이 은밀하고도 수상쩍은 일을 벌이기 위해 협상을 하고 있었다. 그 협상이라는 게 이 늙은 지서장이 뒷산에 버려져 있는 돌밭 한 마지기를 주고 미스옥과 회춘 한번 해보자는 것이었는데 미스옥은 자정이 넘도록 뜸을 들이며 지서장의 애를 태우고 있었다. 애가 탄 지서장은 다방 안에 있던 차란 차는 다 마셔버리고도 모자라 술 세 박스를 미친놈처럼 들이켜 버렸다. 그쯤에야 미스옥은 분홍 벚꽃무늬 스타킹 한쪽만을 간신히 정강이 아래로 말아 내렸다. 그때가 벌써 새벽 3시였으니까 지서장도 더 이상은 기다릴 수 없었으므로 미스옥을 소파 깊숙이 밀어 젖히려는 그 찰나, 어떤 싸가지없고 무지막지한 힘에 붙잡힌 채 지서장은 건너편 어항 속에 처박혀 버렸고, 카운터의 금고를 가까스로 부둥켜안은 미스옥은 벽에 걸어놓은 조잡한 그림과 함께 다방 귀퉁이에 처박혀 버렸다. 그 그림은 새끼돼지 수십 마리가 어미돼지의 젖꼭지를 먼저 물기 위해 아귀다툼을 벌이고 있는 광경이었는데 이젠 거기에 혼절한 미스옥도 가담한 듯이 그녀의 주둥이가 그림 속 새끼돼지를 밀치고 어미돼지의 젖꼭지를 빨고 있었다.

*

오랜 혼절 속에서 깨어난 지서장은 그의 콧구멍 속에 틀어박혀 죽은 열대어 한 마리를 코딱지처럼 후벼 파고 아무 일 없었다는 듯이 위엄 있게 다방 귀퉁이에 처박혀 있는 미스옥을 향해 그의 버릇대로 **도라지 위스키 한잔**을 시켰다. 미스옥은 혼미한 정신의 와중에도 손님의 주문하는 소리가 들리자 그 주문을 큰 소리로 복창하며 혼절에서 깨어났다. 바로 그때 다방 문이 벌컥, 부서지며 한 사내가 다방 안으로 보기 좋게 나뒹굴었다. 그는 반사적으로 빠닥 일어서려 했으나 머리가 탁자를 치받으며 그대로 쓰러져 버렸다. 그의 이름은 **휜말코**였다. 뒤따라 두 명의 무장한 군인이 들이닥쳤다. 한 놈은 키가 작고 얼굴은 몸통 위에 바위 돌을 하나 얹어 놓은 듯한 녀석이었고—콧대가 내려앉아 퉁퉁 부어 있었다—또 다른 한 놈은 그보다 구두 세 굽쯤 키가 컸는데 얼굴에 난 모든 털들—코털, 눈썹 털, 속눈썹 털, 귓불의 잔털, 귓구멍 속의 솜털 그리고 머리털—이 불에 그슬려 있었다. 녀석들은 민첩하게 서로 등짝을 밀착시킨 뒤 가랑이를 기마 자세로 벌린 채 경계 태세를 취했다. 그 꼴을 보고 비위 좋은 미스옥도 한마디 안 할 수 없었다. "육갑들 하네."

태풍으로 인해 섬에 트럭과 함께 떨어진 휜말코는 태풍 속에서 구사일생으로 살아난 자신을 신의 축복 받은 아들쯤으로 생각하곤, 기고만장 고래고래 소리를 질러대며 섬의 곳곳을 무섭게 달렸다. 그러다가 군인들의 초소 앞에 다

다르게 되었던 것이다. 군인 녀석들은 트럭을 정지시키고 휜말코의 황당하게 벌렁거리는 콧구멍에 총을 찔러 박은 채 트럭에서 내릴 것을 명령했다. 휜말코는 총부리를 함부로 들이대는 건방진 놈들을 트럭으로 깔아뭉개 버릴까 하다가 일단은 된침을 뱉으며 트럭에서 내렸다. 녀석들은 신속하게 휜말코를 돌려세운 뒤 트럭에 밀어붙였다. 그러곤 그의 두 손 두 발을 잔뜩 벌리게 한 후, 그의 몸을 수색하기 시작했다. 그와중에 한 녀석이 복숭아를 넣은 듯 볼록 튀어나온 휜말코의 사타구니 속 물건을 무슨 흉기로 생각하곤 정체를 밝혀내기 위해 두 손으로 정밀하게 주물럭거리기 시작했다. 그러자 휜말코의 물건은 그의 주인이 당하는 수모 따윈 아랑곳없이 혼자 불에 달군 쏘시개처럼 붉게 발기하면서 팬티를 찢을 듯 추접스럽게 몸부림쳐댔다. "대가리는 작은 게 물건은 엄청나게 크네."라며 녀석들이 낄낄거렸다. 평생 이런 개 같은 경우를 처음 당한 휜말코는 그의 타고난 더러운 성깔대로 '씨발!'을 외치는 순간보다 더 빠르게 놈의 총을 빼앗아 개머리판으로 녀석의 코뼈를 으깨어 버렸다. 그와 동시에 번쩍 뛰어올라 허공에서 수십 번의 발차기를 연습한 후 지상에 떨어지는 순간 다른 한 놈의 그곳을 걷어차 버렸다. 그러곤 그들의 비명소리보다 더 빨리 삼십육계로 줄행랑을 쳤다. 휜말코는 뛰면서도 거대하게 부푼 자신의 물건을 향해 소리쳤다. "빌어먹을 분위기 파악도 못하고는 쌍!" 그는 섬을 여덟 바퀴나 돈 뒤 적당한 덤불 속에 숨어서 녀석들의 동태를 살폈다. 그 시간 동안도 녀석들은 그 자리에 쭈그려 앉아 조개처럼 질질 짜고 있었다. 이쯤 일이 끝났으면 좋았는데 밤늦도록 그의 성난 물건은 가라앉을 줄을 몰랐다. 몇 번을 달래보고 얼러보았지만 자신의 물건이 말을 듣지 않자, 흰말코는 덤불 속에서 기어나와 녀석들이 잠든 초소에 불을 질러 버렸던 것이었다. 그제야 비로소 분이 풀린 흰말코의 성난 물건은 사타구니 속으로 스르르 잦아들었다.

"너희들의 얼굴을 그 꼴로 만든 놈이 저놈인가?" 녀석들은 한번 되게 당한 터라 경계를 늦추는 법 없이 눈알만 이리저리 굴릴 뿐 대답이 없었다. 그런 한심한 녀석들 사이를 비집고 **똑똑한 부관**이 걸어 들어왔다. 부관은 탁자 밑에 푹 퍼져 있는 흰말코의 옆구리를 힘껏 걷어찼다. 흰말코는 눈물을 찔끔 흘렸으나 죽은 척 엎드려 있었다. 또 몇 번인가 부관의 워커 발이 흰말코의 갈비뼈 사이에 박혔다. 흰말코는 옆구리가 걷어차일 때마다 조금씩 지렁이처럼 꿈틀거리며 몸을 앞으로 밀고 갔는데 그건 녀석들 몰래 바닥에 뒹구는 맥주병을 집어 들기 위한 술책이었다. 비굴한 인내 끝에 흰말코의 오른손 중지가 맥주병의 주둥이를 살살 깐죽

거리자 맥주병이 참지 못하고 그에게 굴러왔다. 순간 흰말코는 보란 듯이 맥주병을 움켜쥐고 스프링처럼 발딱 몸을 일으켜 세웠다. "겁대가리 짱박았나!" 그러나 그의 인내심과 노련한 기회 포착과 싸움꾼의 감각은 단번에 수포로 돌아가 버리고 말았다. 그는 왜 그 모든 것들을 합한 것보다 더 중요한 머리 위 탁자를 계산하지 못했을까? 또다시 흰말코는 혼절하고 말았다.

늙은 지서장은 이 섬에 무엇인가 대단히 중요하고도 그러나 자신은 당최 모르겠는 일이 발생한 것을 **오랜 공직 생활의 육감**으로 파악하고는 자신이 무엇을 해야 하는지를 생각할 틈도 없이 그대로 실행에 옮겼다. 지서장은 똑똑한 부관에게 자신의 소개를 가능한 부풀려서 또박또박 말했고 그건 대부분 나라에서 받은 표창장에 관한 내용이었는데, 너무도 똑똑한부관은 혼절한 흰말코가 또 어떤 잔머리를 굴릴지 알고 있었으므로 워커 발로 그의 손을 눌러 밟은 채 지뢰를 제거하듯이 맥주병을 멀리 집어던져 버렸다. 그때쯤에야 흰말코는 모든 것을 포기하고 진짜 혼절해 버렸다. 지서장은 자신의 말이 이 부관에게 먹히지 않자 자신의 신분증을 그의 코앞에 들이댔다. "나는 이 섬의 치안을 담당하는 지서장이오. 도대체 당신들은 누구요?" 똑똑한부관은 그따위는 안중에도 없다는 듯이 지서장의 신분증을 빼앗아 구겨버리곤 이렇게 지껄였다. "이 섬은 완전히 쑥대밭이 됐다. 지금까지 경찰이 그것도 몰랐다면 근무 태만에 비상시에는 사형감이다. 명심하라. 이제부터 섬의 모든 통솔권은 우리 **고독한대령**에게 있다는 것을" "그럼 혹시…?" "그렇다." "그렇군요." "그렇다고 봐야 할 것이다." 지서장과 부관은 **본인들도 알아들을 수 없는 화두 같은 질문과 대답**을 나눈 뒤 잠시 상대편의 질문이 뭘 의도하였는지 다시 한번 점검해 보았다. 그런데 지서장에게 분명한 것은 새파랗게 나이가 어린 군바리 놈이 자신에게 반말을 지껄여댄다는 것이었다.

*

한편 먼 바다로 조업을 나갔던 **어부들**이 되려 고기 떼들에게 습격을 받고 일주일 만에 돌아왔다. 그들은 완전히 쑥대밭이 되어버린 이 섬이 정말 자신들의 고향인지 의아해했고 어부들의 선장인 **갈고리박**은 불편한 손으로 초조히 나침반을 들여다보며 컴퍼스를 지도에 찔러 박고 마구 돌려보았다. 북극성을 비껴 왼편으로 180도를 세 번 돌아 위도와 경도를 무시하고 아무 곳에서나 발견할 수 있는 사수자리의 화살 끝을 30마일 정도 따라가다 보면 기분 좋을 때만 눈에 띄는 별이 있는데 그 별에서 눈 딱 감고 수직 하강하면 바다 한가운데 바로 그곳, 그들의 고향이 맞았다. 그런데 도대체 뭐가 잘못되었단 말인가? 그의 갈고리 손이 가늘게 떨렸다. 그제야 어부들이 들쳐 맨 어망 속에서 선생이—그때 선생은 어부들에 의해 바다 한가운데에서 구사일생으로 구조되었던 것이다—깨어났다. 어망을 힘겹게 헤집고 나온 선생은 **자신이 목격한 거대한 태풍의 일들을 어부들에게 무시무시한 전래동화처럼 구술**했다. 갈고리 박은 참을성 있게 선생의 말을 다 듣고 난 뒤 무엇인가를 알았다는 듯 고개를 힘차게 끄덕이곤 어부들에게 그의 깨달음을 일장 연설해댔다. "그건아마그물로바람을잡을수없듯우리들의소관이아니지바람을잡으려면바람으로그물을짜야해그러나그누구도바람으로그물을짤수없는것이것이우리뱃사람의지랄같은운명이지쌍!" 이런 알 수 없는 말이 오히려 선생의 말을 모호하게 만들었지만 그러거나 말거나 갈고리박은 자신의 열세 명이나 되는 부인 중 몇 명이나 살아남아 있겠는가를 확률적으로 계산하느라 다시 컴퍼스를 머릿속에서 마구 돌려대었다.

지서장이 살아 돌아온 어부들을 보고 반가워한 이유는 오로지 선생에게 있었다. 그가 보기에 선생은 이런 비린내 나는 섬 구석에 처박혀, 졸업할 때쯤이면 구구단을 몽땅 까

먹는 오징어 먹통 같은 아이들이나 가르칠 위인이 아니었다. 이 섬에서 육지 출신이라면 지서장과 선생 그리고 **우체국장**이 전부였다. 우체국장은 섬을 벗어나고자 수백 통의 편지를 상급 기관에 보냈으나 수백 십 통의 각종 고지서와 연체 대금 청구서만 받은 것을 한탄하곤 긴 유서와 함께 방파제에서 뛰어내렸다. 그 유서는 바닷물에 젖어 당최 무슨 말인지 알아볼 수 없었지만 유서는 장장 200자 원고지 100매에 가까웠다. 그때부터 지서장은 시대를 만나지 못한 불운한 영웅처럼 선생을 간간이 만나 뜻을 펼치지 못하는 자신들의 처지를 위로하곤 했던 것이다. 다만 지서장이 술과 여자로 그 세월을 견디었다면 선생은 틈틈이 책을 읽고 기운이 남으면 운동장을 열댓 바퀴 빠른 속도로 달리며 훗날을 기약했던 것이다. 지서장은 선생에게 달려가 깊고 조용한 포옹을 했다. 그러곤 똑똑한부관에게 선생을 자랑스럽게 소개했다.

선생이 손을 내밀어 악수를 청하자 똑똑한부관은 자신의 손 대신 지휘봉을 내밀었다. "선생, 이것이 무얼 뜻하는지 아시겠지? 불순한 언동 삼가고 자중하시오." 선생은 다방에 들어섰을 때 뭔가 좋지 않은 느낌을 받았었는데 그 느낌은 과거의 어떤 불쾌한 기억을 불러일으켰다. 그건 다름 아니라 **지금은 사라진 먼 옛날의 한마디 구호**였다. "군사정권 물러나라!" 그쯤 똑똑한부관은 선생의 금 간 안경알에 비친 험악한 갈고리박을 노려보았다. 갈고리박은 한때 먼 육지에서 알아주던 주먹패였는데 조직을 쌀 반 가마니에 팔아넘긴 죄과로 동생들에게 손목댕이가 잘린 채 거진 반병신이 되어 밤 배를 타고 고향에 돌아온 자였다. 그가 족히 3년을 집안에만 틀어박혀 불철주야 몸을 보신한 뒤 다시 마을 부두를 어기적거리며 돌아다녔을 때는 부두에서 힘깨나 쓴다는 덩치들이 홍어 등때기처럼 족족 그의 갈고리에 꿰였던 것이다. 대부분 술을 잔뜩 처먹인 뒤에 일어난 일이긴 했지만. "한쪽 남은 손모가지도 조심해야겠군. 자중하시오. 이 섬의 기강을 흩뜨려 놓는 놈들은 모조리 바다에 처넣어 버릴 테니까." 부관은 권총을 갈고리박의 부리부리한 눈깔에 들이대고 소리쳤다. 그 말에 놀란 것은 오히려 어부들이었다. 갈고리박에게 이런 말을 한 사람은 이 섬이 생기고 나서 지금까지 아무도 없었기 때문이고 이 섬이 사라진 뒤에도 없어야 했기 때문이었다. 지서장마저도 그의 눈치를 보지 않았던가. 그런 어부들의 갈고리박은 뒤돌아서서 찔린 눈깔을 부여잡고 눈물을 삼키고 있었다. 똑똑한부관은 그쯤이면 무식한 어부 놈들의 기를 꺾었다고 생각하곤 본론으로 들어갔다. "다시 말하겠는데 이 섬은 긴급사태로 인해 우리 군에 접수됐다. 살아 있는 자들은 우리 군에게 필히 보고해야 할 것이며 모든 민생치안경제도 우리 군이 관장한다. 우리 군은 이 섬을 다시 재건할 것이다. 이상!" 부관이 자신의 말에 빠져 있을 때 휜말코는 서서히 혼절에서 깨어나고 있었다. 그는—이젠 무엇보다도 머리 위를 조심하곤—벌떡 일어서는 동시에 바람을 가르며 닥치는 대로 주먹을 휘둘렀다. "남의구역에왔으면끽소리말고놀다갈일이지무슨지랄같은소리야!" 그런데 이게 하필 갈고리박의 그 쓰린 눈깔에 삐빠 소리를 내며 스쳤다. 갈고리박은 고통으로 인해 펄쩍펄쩍 날뛰다, 외눈박이 괴물처럼 닥치는 대로 탁자를 들어올려 이젠 선생에게 주먹을 휘두르는 휜말코의 대가리에 힘껏 내리쳤다. 휜말코의 대가리가 얼마나 단단했던지 50m 두께의 탁자가 세 개나 맥없이 부러져 나갔다. 그러고도 휜말코는 갈고리박이 휘두르는 갖가지 다방 집기들을 훌륭하게 머리로 받아내었다. 지금까지 말이 없던 미스옥도 또 한마디하고 말았다. "약장사를 따라다니던 벙어리총각도 저러진 못했어. 대단해." 그 순간 휜말코는 또다시 혼절했다. "이런 양아치 새끼들 그새를 못 참고 난동을 부려!" 부관은 어처구니가 없어 허공을 향해 총을 한 발 쏘았다. 그러고 나서 부관의 권총은 이젠 주판을 집어던지려는 갈고리박에게 향했다. 선생은 지금이야말로 자신이 나서야 할 때라 판단했다. "우린 육지에 있는 정부의 시민이오. 정부에는 최고 통수권자가 있소. 통수권자의 명령이 아닌 당신들의 독단적인 결정이라면 그건 명백히 반역이오. 그리고 당신들이 육지에서 온 군인들인지 우리가 어떻게 믿는단 말이오?" 선생의 말에, 똑똑한부관과 아직도 경계 태세를 풀지 않은 병사들의 입에서 **고장 난 카세트처럼 신음 소리**가 흘러나왔다. 사태의 심각성을 직감적으로 파악한 지서장은—그건 선생의 높아가는 입지에 제동을 걸어야 한다고 생각한 발로였지만—부관의 귀에 대고 조용히 무엇인가를 속삭였다. 그러자 부관의 벌어진 입에서 다시 신음 소리가 흘러나왔는데, 지서장의 그 말은 이러했다. "전염성이 강한 성병을 앓고부터는 선생이 자주 맛이 갑니다. 똑똑한 친구였는데 참고해주십시오." 이런 말은 술 취해 깽판을 부리고 지서에 끌려온 녀석들이 술이 깨면 비굴하게 지서장에게 자주 써먹던 수법이었다. 부관은 더러운 벌레를 보듯 선생에게서 한 발짝 물러났다. "추접한 새끼." 그러곤 대단히 급한 공무가 있다는 듯 녀석들을 데리고 황급히 다방을 나가버렸다. 그때까지 밖에서 도망갈 궁리만 하던 어부들이 다소 과장되게 떠들어대며 다방 안으로 들어왔다. 그러나 그 누구도 어부들을 위해 엽차 한잔 날라다 주지 않았고 그들 옆에 비집고 앉아 꿀벌처럼 앵앵거리는 작부들도 없었다. 그들이 먼바다에서 외로움을 견딜 수 있었던 건, 고래처럼 술에 취한 그들의 무용담을 들어주는 미끄덩한 낙지 같은 술집 작부들이 있었기 때문이었다.

*

고독한대령은 깊고 아득한 곳에 묻혀 있는 자신의 지난 시절의 일들을 하나씩 꺼내 보고 있었다. 그의 기갑부대가 탱크와 장갑차를 앞세우고 도청 광장으로 진격하던 햇살 찬란하던 날들을. 사실 **그때 그는 장군의 취사병**이었다. 제대 말년인 그가 게으르게 늦잠을 자고 일어나 안절부절 못하고 장군의 임시 거처인 도청 집무실로 설익은 밥을 지어 가져갔을 때, 그곳에서 그의 운명은 너무도 엉뚱하게 바뀌고 말았던 것이다. 그가 방문을 열고 들어갔을 때 장군은 대통령의 사진을 벽에서 힘겹게 떼어내고는 자신의 사진을 그곳에 걸어 놓고 있었다. 장군은 취사병이 보고 있다는 것도 모른 채 제 사진을 올려다보며 이렇게 외치고 말았던 것이다. "군복을 벗고 찍었다면 정말 대통령감이야." 그때 장군은 군인 특유의 민감하고 예리한 육감으로 취사병인 그를 발견했는데 당시 그는 얼떨결에 이렇게 외치고 말았다. **"대통령 각하 식사가 준비되었습니다!"** 뭐 이런 말이었는데 그는 그 뒤로 제대 말년 병장에서 소위로 진급하였고, 장군에 의해 혁명 동지로 불렸다. 고독한대령은 그때의 기억을 잠시 들여다본 뒤 똑똑한부관을 불렀다. "부관, 나는 욕심이 없다. 이 섬이 다시 평화롭기를 바랄 뿐. 그런 날이 오면 언제고 나는 이 자리에서 물러날 준비가 되어 있다. 허나 지금은 비상시. 본보기가 중요하다. 그것이 무얼 뜻하겠는가 부관?" 너무도 똑똑한부관은 대령의 말이 채 끝나기도 전에, 아니 들어보기도 전에 모든 부하들을 데리고 휜말코와 갈고리박을 체포하기 위해 항구다방으로 향했다. 혼자 남은 고독한대령은 **부관의 똑똑함이 처음으로 자신에 대한 위협**으로 느껴졌다.

*

그쯤 어리석게도 휜말코와 갈고리박은 열두 명의 어부들이 보는 앞에서 **의형제**를 맺고 있었다. 깨진 맥주병으로 그들은 서로의 팔뚝을 그었고 두툼한 살집이 지퍼처럼 벌어졌을 때 어부들의 입에선 함성이 터져 나왔다. 휜말코와 갈고리박은 속으로는 신음을 질러댔지만 서로를 노려보며 핏발선 눈깔만 부라렸다. 곧이어 뚝뚝 떨어지는 핏방울을 유리잔에 가득 받아—그건 잘 숙성된 포도주 빛이었다—흰말코와 갈고리박은 서로 찔끔거리며 돌려 마셨는데 **유리잔의 피가 좀처럼 줄어들지 않자**, 그 둘은 잠시 서로의 맹세를 의심하게 되었다. 피를 담은 유리잔을 가운데 놓고 흰말코와 갈고리박의 유치한 심리전은, 기어이 가위바위보로 진 쪽이 더 마실 것인가 아니면 공평하게 피를 많이 흘린 쪽이 더 마실 것인가 등등의 의견들로 어부들을 두 패로 갈라놓았다. 그때 다방 안으로 군인들이 다시 들이닥쳤다. 똑똑한부관이 본 것은 그들이 태평하게 붉은 포도주잔을 가운데 놓고 서로 양보하고 있는 모습이었다. "양아치새끼들 의리는 있어 가지고." 부관은 지휘봉으로 흰말코와 갈고리박의 대가리를 차례로 후려치고 나서 다방 안에 있는 사람들에게 선포했다. "앞서 말했듯이 이제부터 이 섬의 모든 정치경제문화는 우리 군이 담당하고 통제한다. 새로운 섬 건설을 위해 부역은 의무가 될 것이다. 먼저 여자들은 취사를 담당하고 나이 고하를 막론하고 남자들은 10년 동안의 의무군복무를 다시 치러야 한다. 여기에 선생이나 경찰도 예외는 아니다." 흰말코와 갈고리박은 자신들의 숭고한 의형제 예식에 찬물을 끼얹는 군인들을 향해 쌍둥이 형제처럼 동시에 그러나 낮게 뇌까려댔다. "우럭 눈깔 빠지는 소리 하고 있네. 누구 맘대로!" 그 순간 그들은 주둥이에 총부리가 처박힌 채 군인들에 의해 다방 밖으로 질질 끌려

나갔다. 똑똑한부관은 자신의 체포 지시도 없이 먼저 행동하는 부하들이 못내 탐탁지 않았지만, 그보다는 돼지 같은 어부들이 포도주를 마시기 전에 자신이 먼저 먹어야겠다는 생각으로 안타깝게 쳐다보는 어부들에게 눈을 부라리며 **탁자 위의 포도주 잔을 한 번에 쭉 들이켜버렸다**. 어부들의 낮은 함성소리처럼 부관의 입술 끝에 매달린 한 방울의 핏물이 그의 검은 워커 위로 떨어졌고, 똑똑한부관은 피비린 트림을 몇 번 컥컥거리며 유유히 다방을 걸어나갔다.

지서장과 선생이 섬을 한 바퀴 둘러보고 다방으로 다시 돌아오자, 어부들은 어린 양떼처럼 선생의 주위에만 모여들어 그간의 일들을 떠들어댔다. 선생은 어부들을 가볍게 밀치며 탁자 위로 뛰어 올라가 고독한대령의 행동을 권력남용이라고 규정하곤, 어부들에게 군부의 반민주 반민중적 폐해에 대한 역사적 사건들을 조목조목 설명하기 시작했다. 그러곤 선생은 자신도 감당하지 못할 가슴 벅참을 느꼈는데 그건 그 옛날 학우들이 군사독재에 맞서 용맹하게 투쟁을 선포하던 것을 떠올렸기 때문이었다. 당시 그는 학교 도서관 옥상에서 그저 괴로워하며 그들을 바라보았었다. 그러나 이제 그는 예전의 그가 아니었다. 그러거나 말거나 어부들에겐 그 따윈 중요치 않았다. 자신의 피도 아닌 남의 피를 한 번에 쭉 들이켜는 부관이 그들에겐 마치 무서운 흡혈귀처럼 보였던 것이다. 그때 지서장은 쓸쓸히 다방을 빠져나가고 있었다.

*

 다방을 빠져나온 지서장은 고독한대령의 임시 집무실이 있는 분교의 운동장으로 향했다. 집무실은 다 찢어진 비닐로 엉성하게 지어 놓은 임시 막사였다. 그 앞엔 두 녀석이 보초를 서고 있었는데, 그 둘은 서로에게 감자 먹이는 시늉을 하며 낄낄거리고 있었다. 지서장은 그들의 모습이 내심 어처구니없고 한심했지만 지금 자신이 어느 편에 서야 한다는 것을 오랜 공직생활로 간파했기 때문에 그 철딱서니 없는 어린 두 녀석에게 고독한대령과의 면담을 공손하게 부탁했다. 머리가 새까맣게 탄 녀석은 콧구멍을 한번 후비고는 자신이 마치 대령이라도 된 듯이 집으로 돌아가라고 명령했고 또 코가 내려앉아 퉁퉁 부은 녀석은 지서장의 경찰모를 자신의 커다란 머리에 써보곤 또다시 낄낄거렸다. 이쯤 되면 웬만한 사람들은 집으로 돌아가든지 어린 놈들의 뺨을 후려갈기든지 할 테지만 지서장은 인간의 한계를 뛰어넘는 인내심으로 그 두 녀석에게 각각 얼마씩의 돈을 쥐어주고는 다시 공손하게 부탁했다. 그때쯤에야 머리가 탄 병사가 거드름을 피우며 천막 안으로 들어갔고 천막 안에서는 고독한대령의 고독한 목소리가 들려왔다. **"무장을 해제시키고 들여보내."**였는데 그쯤 지서장이 몸에 휴대하고 있는 건 **망가진 자존심**밖에 없었다.

고독한대령의 말은 계속되었다. 근 한 시간 동안의 이야기 중 대령이 늙은 지서장과 눈을 맞춘 것은 단 한 번밖에 없었고, 모로 다리를 꼰 삐딱한 자세로 시종일관 위엄을 부리며 주절거렸다. 마치 옆얼굴만 그린 초상화처럼. 그러나 대령은 자신의 길고도 유장한 말에 지서장의 얼굴이 누렇게 질려가는 것과 초조하게 다리를 떨어대는 것을 읽어내고 있었다. "나에겐 사명이라는 것이 있소. 사명이란 귀중한 것이라서 당신과 같은 일개 섬의 지서장에게는 평생 한 번도 주어지지 않는 것이지. 사명을 위해선 희생이 따르는 법. 허나 희생의 대가는 때가 오면 다시 돌려줄 것이오." 그가 그쯤까지 말했을 때 취사병이 커피를 끓여왔다. 그러나 그 커피는 지서장이 이 천막 안으로 들어왔을 때부터 벌써 **열다섯 번째** 끓여 오는 커피였다. 그때마다 고독한대령은 커피 잔을 입에 대지도 않고 바닥에 쏟아 버리곤 하였다. 자신의 입에 맞지 않는다는 것이었는데 이번에도 대령이 바닥에 커피를 쏟아 버리고 다시 끓여 오라 할까 봐 취사병은 완전히 얼이 빠져있었다. 취사병은 조심스럽게 커피잔을 대령 앞에 놓았고, 잠시 숨을 멈추고 눈을 감았다. 그리고 대령이 커피잔을 입까지 가져갔다고 생각할 즈음 눈을 떴다. 지서장도 취사병의 표정을 보곤 눈을 감아버렸다. 앞으로의 대령과 자신의 관계를 취사병을 통해 본 것일까? 대령은 이번에야 흡족하게 커피를 마셨고, 취사병은 감격의 뜨거운 눈물을 훔치며 마치 바닥에 무릎을 꿇듯이 하며 그 앞에서 물러났다. "무엇보다도 군법과 군기가 바로 서야 하오. 이것이 불가능을 가능케 하는 힘이지." 지서장은 그의 말에 정말 무릎이라도 꿇고 싶었다. 이렇게 완전히 맛이 간 독재자는 처음 본 것이었다. 고독한대령은 고독하게 커피를 한 번에 쭉 마셔버렸고 밖에서는 행주를 쥐어짜는 듯한 취사병의 낮은 울음소리가 들려왔다. "당신은, 이 섬의 모든 정보를 서류로 작성해서 나에게 제출하시오. 그리고 숨어 있는 마을 사람들을 발본색원하시오. 태풍으로 다 날려가 버렸다고는 하지만 어딘가 살아 있는 자들이 있을 것이오. 그러니까 지금부터 당신은 내 직속비밀첩보원이 되는 것이오." 대령의 이 말을 끝으로 지서장은 감격의 눈물을 흘리고 막사를 나왔지만 결국 **두어 시간 동안 한마디도 하지 못했던 것**이었다.

*

 다시 마을로 돌아오는 길에 지서장은 본보기로 걸린 흰 말코와 갈고리박이 군인들에 의해 발가벗겨진 채 그들의 인생에 있어서 다시는 경험해 보지 못할 그런 모진 체력훈련을 받고 있는 것을 볼 수 있었는데, 그들은 맨몸으로 바닥을 기어 다녔고 토끼뜀을 뛰며 돼지처럼 꽥꽥거리고 있었다. 구호는 '쓰레기에서 인간으로'였는데 구령 소리가 작으면 군인들이 사정없이 몽둥이로 그들의 어깨팍을 후려쳤다. 그 두 의형제는 친형제보다도 더 사이좋게 서로를 부둥켜안고 노을이 지는 저녁 운동장에서 울부짖고 있었다.

*

 한편 선생은 **열두 명의 어부들**과 함께 앞으로 어떻게 이 섬에서 고독한대령과 그의 부하들에 맞서 투쟁할 것인가를 의논하고 있었다. 그러나 사실 그건 선생만의 일방적인 설교였다. 선생의 옆엔 미스옥이 앉아 있었는데, 다방 안을 밝혀놓은 촛불처럼 선생을 바라보는 미스옥의 눈빛이 반짝반짝 타들어 가고 있었다. 선생은 먼저 이 섬의 지난한 투쟁의 역사를 이야기했고, 그러나 **선생이 이 섬에 온 지**

는 불과 이 년밖에 되지 않았기 때문에 이 섬에서 나고 자란 어부들은 선생이 어느 다른 나라의 섬을 빗대어 이야기하고 있다고 생각했다. 그리고 선생은 어업을 생활 기반으로 하고 있는 이 섬의 불평등한 경제구조에 대한 이야기로 넘어갔다. "우럭스무마리값에서그물값을제하고하루여덟시간의노동력을이렇게곱하면이렇게되는데다달이갚아야하는수협이자를제하면?" 그쯤에서 선생은 말문을 닫고 말았다. 아무것도 남지 않았기 때문이었다. **그럼 대체 이 어부들은 무얼 먹고 살았단 말인가.** 선생은 머릿속에서 뒤죽박죽된 자신의 계산을 다시 점검해 보기 시작했다. 그러나 이 문제는 직접 배를 타고 나가 고기를 잡는 어부들이 더 잘 알고 있었는데 난해하기 짝이 없는 선생의 경제 논리에 어부들의 머릿속도 뒤죽박죽이 되어버리고 말았다. 그것을 모르는 것은 빨대로 빨아 마실 듯 선생을 쳐다보고 있는 미스옥의 동그랗게 벌어진 까진 입술뿐이었다. 선생은 조용하면서도 단호하게 말했다. "계산이 안 될 정도로 우리는 불평등한 악순환의 고리에 붙잡혀 있습니다. 이번 기회에 그 모든 고리를 끊고 우리가 주인 되는 세상을 만들어 봅시다. 그러기 위해선 무엇보다 군부에 맞서 우리 민중의 주권을 되찾아야 합니다." 그는 그 옛날 자신을 기회주의자라고 비난했던 놈들이 이런 모습을 본다면 얼마나 멋질까를 생각해 보았다. 밤이 깊어갔다. 멀리서 흰말코와 갈고리박이 비명을 질러대며 붙이는 구령 소리가 구슬픈 뱃고동 소리처럼 들려왔다. 다섯 시간에 걸친 토론으로 초죽음이 된 어부들은—그러나 그들은 한마디도 하지 못했다—다음날 있을 항의 집회를 준비하기 위해 각자 자신의 잠자리로 향했다. 그곳은 대부분 자신들의 옛 집터였는데 그들은 그곳에 누워 모처럼 길고도 슬픈 잠에 빠져들었다. 선생은 다방에 남아 있기로 했다. 그는 다방 안의 촛불을 하나씩 꺼 나갔다. 그러곤 단 하나만의 촛불을 밝혀 두었는데 그것은 왠지 앞으로 선생에게 닥칠 운명의 모습처럼 보였다. 그는 촛불 아래 무릎을 꿇고, 결정적인 순간에 그 옛날처럼 자신이 비겁해지지 않도록 간절히 기도했다. 미스옥이 그의 모습을 조용히 지켜보고 있었다. 미스옥은 한때 자신이 왜 저 위대하고 영웅적인 선생을 데친 멸치 같은 짠돌이라고 흉을 봤는지 한없이 부끄러워졌다. 그 옛날 선생은 모처럼 손님과 함께 다방에 들려도 엽차만 마셨는데, 이제와서 생각해 보니 그는 오늘을 위해 자신을 데친 멸치처럼 모질게 단련하고 있었던 것이었다. 미스옥은 기도를 드리고 있는 선생의 숙인 머리통을 자신의 할딱이는 가슴에 힘껏 끌어안았고 명치 끝에서부터 용솟음치다가 식도를 거쳐 자신의 목줄을 새까맣게 태워버리고 올라오는 뜨거운 회오리에 비명을 지르고 말았다. 그 바람에 촛불이 심하게 일렁였고 당황한 선생의 비명도 그림자에 묻혀 버렸다. 그러나 그 순간에도 선생은 자신의 행동에 대한 옳고 그름을 생각해 보았고 옳다면 무엇을 위해 옳은지 그르다면 왜 그른지에 대한 깊은 사색에 잠겨갔다. 그리고 그는 모든 영웅들의 사랑과 영웅들의 여자를 생각해 보았고, 그 여자들 중 가장 낮은 계급의 여자를 받아들이기로 한 것이었다. 한 방울의 뜨거운 촛농이 선생의 구린 엉덩이에 화인처럼 떨어졌다.

*

지서장은 혹시라도 살아 있을 마을 사람들을 찾기 위해 섬 구석구석을 이 잡듯 뒤지고 다녔다. 그러나 그가 애써 찾은 것이라고는 **누렇게 때가 낀 요강**뿐이었다. 요강에 코를 대자, 싱싱하고 짠 오줌 냄새가 지서장의 코를 사정없이 비틀어 짰다. 그 순간 지서장은 모골이 송연해지며 **욕쟁이할멈**이 떠올랐다. 자잘한 시비 끝에 다방의 기물을 파손한 욕쟁이할멈의 아들을 기물파손죄로 육지로 넘기면서 그 가공할 만한 사건이 일어났던 것이었다. 욕쟁이할멈은 그날로부터 매일 지서로 찾아와서는 종일토록 생전 보도 듣도 못한 더러운 욕을 지서장에게 퍼부어댔는데, 그전부터 욕쟁이할멈의 욕은 이 섬마을 사람들에게는 과히 **공포와 환란의 대상**이었다. 지서장은 긴급히 회의를 소집했고, **반대 0표 찬성 1표**로 욕쟁이할멈을 마을에서 추방하기로 의결했다. 그러한 일은 지서장의 직권으로 이루어졌다. 욕쟁이할멈에게 두 가지 선택권을 주었는데, 하나는 공무집행방해죄로 아들이 구속돼 있는 육지의 구치소로 갈 것인가 아니면 마을에서 스스로 사라질 것인가, 였는데 그 옛날 육지 순사에게 욕을 했다가 혓바닥을 인두로 살짝 지짐을 당하는 모진 고문의 기억을 가진 욕쟁이할멈은 눈물을 머금고 자신이 태어나고 자란 마을이 보이는 토굴 속에서 잘못을 인정하고 남은 생을 조용히 보내기로 한 것이었다. 그때 욕쟁이할멈의 나이가 **백하고도 삼십 살**이었고, 할멈은 그녀가 믿는 전설에 따라 요강과 쑥과 마늘만을 가지고 부활을 꿈꾸며 굴 속으로 들어갔던 것이다.

지서장은 욕쟁이할멈을 찾느니 차라리 죽는 게 낫다고 생각하곤 요강만을 들고 마을로 다시 내려갔다. 마을로 가기 위해 분교 운동장 앞을 지나가고 있을 때 칠흑 같은 어둠 속에서 흰말코와 갈고리박의 헐떡이는 소리가 들려왔다. 그들의 구령 소리는 이젠 아예 울음과 비명이 빚어내는 처절한 화음이 되고 있었다. 지서장은 고독한대령의 싸늘한 옆얼굴을 떠올리며 황급히 걸음을 재촉해 항구다방으로 향했다. 그가 **버려진 폐선 같은 어두운 다방** 가까이 다가갔을 때, 수상한 검은 그림자 하나가 다방 안을 염탐하고 있었다. 그림자는 마치 자신의 무엇인가를 목 졸라 죽이듯 몸을 부르르 떨며 낮게 흐느끼고 있었다. 지서장은 살그머니 그림자에게 다가갔다. 그림자는 놀랍게도 고독한대령이었다. **"잘 돼 가십니까?"** 지서장은 은밀한 목소리로 말했다. 지서장의 목소리에 당황한 고독한대령은 황급히 뒤돌아—아무 일 없다는 듯이 지서장을 보았지만 분노와 모욕감을 워커 끈처럼 단단히 동여매곤—지서장에게 말했다. "쉿, 마을의 동향을 살펴보고 있는 중이오. 그런 당신은 이 시간에 뭣 하는 거요?" 지서장은 얼김에 요강을 고독한대령의 얼굴에 들이대고 이렇게 속삭였다. "첩보를 수집 중입니다. 그리고 이거……" "요강 아니요?" "대령님이 필요하실 것 같아 구해왔습니다." "밤중에 볼일 보기가 불편했는데 고맙소. 그럼 저 안의 동향을 잘 살피시오. 체제전복적인 놈들이 추잡한 짓을 하고 있는 것 같으니까." 그러곤 고독한대령은 요강을 들곤 게처럼 옆으로 걸어서 재빨리 어둠 속으로 사라져 버렸다. 지서장이 창문으로 들여다본 다방 안에는 선생과 미스옥이 두 명의 레슬링선수처럼 서로의 다리를 서로의 얼굴에 말아 감고 신음 소리를 질러대고 있었다. 동트는 새벽이 올 때까지 지서장은 때론 박수를 치며 때론 안타까워하며 그 예술에 가까운 **체제전복적인 레슬링**을 관전했다.

*

 어부들은 각자 어젯밤 자신들이 꾸었던 꿈을 지껄여대며 속속 다방에 모여들었다. 한결같이 그들은, 꿈속에서 선장 갈고리박이 고래작살에 등짝이 꿰인 채 물 위를 걸어가며 울부짖더라고 웅성거렸다. 어부들은 **서로의 꿈이 기가 막히게 일치한 것**에 동요하기 시작했다. 또다시 이 섬에 거대한 재난이 몰아닥칠 것이라 떠들어댔고, 그 재난에서 유일하게 이 섬을 구할 사람은 물 위를 걷는 갈고리박뿐이라고 서로를 부둥켜안은 채 호들갑을 떨며 발을 동동 굴렀다. 선생은 이렇듯 무식하고 단순한 어부들에게 어이가 없었으나, 미신이 얼마나 인간들을 나약하게 만드는가에 대한 또 한번의 의식화 교육에 들어갔다. 그러나 열두 명의 어부들은 이젠 선생의 말 따위는 무시해 버리고 자기네끼리 모여 앉아 자포자기 상태로 아무런 말이나 마구 떠들어댔다. 선생은 어젯밤의 의식화 교육이 모두 수포로 돌아간 것에 새삼 교육이 어렵다는 것을 깨달았다. 마치 공장에 위장 취업했다가 정신과 영혼이 황폐해져서는 방구석에만 파묻혀 지내던 그 옛날의 전사들처럼. 그때 새벽까지의 선생과 체제전복적인 레슬링으로 몰골이 **쌍화차 속 터진 노른자** 같이 풀어져있던 미스옥이 자신의 **꿈 이야기**를 크게 지껄였다. "여기 계신 선생님이 갈고리박의 등짝에 고래작살을 꽂았어요. 갈고리박은 고통으로 울부짖으며 바다 위를 걸어갔고 선생은 그 모습을 보곤 이렇게 말했죠. 나를 믿어라. 그러면 너희들도 물 위를 걸을 수 있을 것이다." 그 말에 놀란 건 선생이 아니라 어부들이었다. 그들은 다시 어린 양떼들처럼 선생의 주변으로 둥그렇게 모여 앉았다. "선생, 왜 갈고리박만 구원해주셨나이까?" 이 말은 오래전 배를 타고 집을 떠나기 전에 교회 집사인 부인에게 강제로 개종 당한 늙은 어부의 입에서 나온 말이었다. 선생은 어부들의 등을 골고루 두드려 주었고 오늘 정오에 있을 항의집회에 각자 맡을 일들을 일사천리로 지시해 주었다. 이젠 미스옥은 보란 듯이 어부들 앞에서 선생의 무릎에 앉아 검은 솜털이 송송히 돋아난 선생의 귓불에 더운 입김을 불어댔다. 선생은 아찔한 현기증을 느끼며 어부들을 향해 이렇게 말하고 말았다. **"나를 믿어라!"**

　어부들과 선생이 또다시 다방에 모여 어떤 불온한 일을 꾸미고 있다는 것을 지서장에게 보고 받은 고독한대령은 요강에 가득 찬 오줌 냄새를 애써 참으며 의미 깊게 옆얼굴을 까딱거렸다. "그래서 정찰이란 항상 중요한 것이지. 주시하시오. 그건 그렇고 저 요강의 오줌은 어떻게 처리해야 되는 것이오? 지서장이라면 어떻게 하겠소?" 지서장은 똑똑한부관이 아니기 때문에 한참이나 그 말의 의미를 되새겨 보았다. 그러곤 이렇게 말했다. "쥐도 새도 모르게 제가 버리고 오겠습니다." 지서장은 측백나무 아래다 요강을 비우며 이렇게 읊조렸다. "음지에서 일하고 양지를 꿈꾼다." 고독한대령은 그의 똑똑한부관을 불렀다. 그러나 부관은 흰말코와 갈고리박을 이 섬에서 쓸모 있는 인간으로 교화시키기 위해 거의 반병신을 만들어 놓고 새벽쯤에야 곯아떨어져—물론 흰말코와 갈고리박도 철봉대에 두 손 두 발이 묶인 채 태아처럼 길고도 고단한 잠에 빠져 있었다—있었는데, 똑똑한부관은 고독한대령이 자신을 부른다는 말에 **대령이 무엇을 지시할 것인지 꿈속에서도 이미 알고 있었으므로** 병사들을 모아놓고 오늘 있게 될 두 명의 공개재판을 준비하라고 명령했다. 고독한대령은 정말 기가 막

했으나 그런 똑똑한 부관도 만나기 드물기 때문에 이번 일만 끝나면 숙청시켜버리겠다고 다짐했다. "지위 고하를 막론하고 본때를 보여야 한다. 그 옛날 **검은썬그라스장군**이 그러하였듯 나만의 룰과 방식으로 나의 웅장한 뜻을 실현시킬 것이다."

*

병사들은 휜말코가 버리고 간 트럭을 몰고 다니며 스피커를 통해 오늘 정오에 있을 공개재판을 마을에 알렸다. 그러나 사라진 마을에 사라진 사람들이 있을 리 만무했으므로 스피커 소리는 아주 먼 곳까지 울려 퍼졌다가 맥없이 스피커 속으로 되돌아왔다.

*

열두 명의 어부들과 선생 그리고 미스옥은 공개재판의 시간에 맞춰 기습적으로 항의집회를 갖기로 했다. 여러 가지 문건이 써졌고 깃발과 무기가 만들어졌다. 그것은 대부분 오래전 배에서 쓰던 물건들이었는데 녹슨 작살과 낚시바늘은 그 끝을 불에 달궈 날카롭게 돌에 갈았고 어른 머리가 하나 빠져나갈 정도로 구멍 난 그물은 미스옥이 실과 바늘로 꿰맸다. 그러다가 그물에 파묻혀 어부들이 꺼내주기 일쑤였지만 미스옥은 태어나서 처음으로 가장 옳고 바른 일을 하고 있다는 가슴 벅찬 생각에 쏟아져 나오는 눈물을 몰래 훔쳤다. 선생은 유일하게 볕이 들어오는 다방 창문 아래에 앉아 그 옛날 학우들이 외치던 구호들을 간신히 되살려내 압핀으로 새끼손가락 끝을 몇 번이고 찔러 따서는 또박또박 누런 러닝 위에 갈겨썼다. "반민주 파쇼정권 물러가라. 오! 우리에게 자유를." 그리고 그는 찔끔거리며 속으로 다짐했다. '이곳은 섬이다. 도망갈 곳이 없다. 제발 그 옛날처럼 도망가지 않기를.' 어부들과 미스옥은 그의 비장한 모습을 말없이 바라보고 있었고, 늙은 어부는 다방 구석에 쪼그리고 앉아 평생 처음으로 어색하기 짝이 없는 기도를 올렸다. "조업 중 저의 따귀를 때린 후레자식 갈고리박을 용서하지 마옵시옵고⋯⋯."

그때 지서장은 환풍기를 통해 다방 안을 엿보고 있었는데 그의 모습이 다방 안 반대편에 걸린 거울에 훤히 비치고 있었다. 유일하게 이것을 모르고 있는 것은 엿보고 있는 지서장뿐이었다. 지서장은 어부들과 선생의 행동이 좀 더 과격하고 폭력적으로 악화되길 바랐다. 그래야만 자신의 공로도 커질 것이고, 이번 일이 잘만 처리된다면 그는 중앙

정보기관에 발탁될 수도 있다고 내심 부풀어 있었다. 그러면서도 지서장은 미스옥을 쳐다보며 못다 이룬 그녀와의 사랑의 아픔을 눈가에 아스라한 그리움으로 담아—고개를 돌려—먼 곳을 하염없이 쳐다보곤 하였다. 그의 눈엔 푸른 쪽빛의 수평선을 딛고 거대한 먹구름이 서서히 일어서고 있었다.

*

 태풍과의 일대 격전 중 요강이 바람에 날려간 것을 뒤늦게 깨달은 할멈은 삼대를 거쳐 내려온 놋요강을 찾기 위해 하산하기로 마음을 정했다. 할멈은 사면된 장기수처럼 빛나는 햇살을 온몸 가득 받으며 토굴을 나와 산을 내려갔다. 그녀의 머리카락 속 참깨 같은 이들도 햇살에 옆구리를 찔리며 더 어둡고 축축한 속곳 춤으로 이동하기 위해 빠르게 그녀의 목덜미를 타고 내려가기 시작했다. 때마침 지서장은 한시라도 빨리 분교의 고독한대령에게 자신의 첩보를 보고하기 위해 대부분의 공작원이 그렇듯 지름길인 뒷산 후미진 언덕을 낮은 포복으로 기어올랐다. 그는 시야에서 완전히 다방이 사라졌을 때에야 까진 무릎을 비벼대며 조심스럽게 일어섰다. 그때였다. 지서장의 코앞에 욕쟁이할멈이 서 있는 게 아닌가. 그 둘은 한 마장씩 뒤로 밀려나며 고함을 쳐댔다. **그러나 누가 욕쟁이할멈의 입심을 이긴단 말인가.** 지서장의 고함은 욕쟁이할멈의 예술 같은 욕에 묻혀 버렸다.

"좆뿌리를쏭쏭썰어서간장에데처삼대를먹일새끼그리고도일대를더먹일종자쌔끼!" 욕쟁이할멈은 그 욕이 끝나기 무섭게 그 무시무시한 나이에도 불구하고 지서장의 멱살을 틀어잡곤 수백 대의 따귀를 갈겨버렸다. 너무나 급작스럽게 이루어진 일이라 지서장은 그 따귀 속에서 혼절하고 깨어나기를 수십 번, 그러나 최종적으로 다시 혼절하고 말았다. "에이퉤징글맞은새끼태풍에도살아남아쥐새끼처럼나를감시하고있었단말이냐에이퉤."

*

철봉에 매달린 흰말코와 갈고리박이 잠에서 깨어났을 때 병사들은 그 아래에서 구닥다리 소총을 소지하고 있었다. 그중에는 취사병도 있었는데, 녀석은 그들에게 돌을 집어던지며 낄낄거렸다. "좀 더 자둬, 지상에서 마지막 잠이니까." 그 말에 불현듯 사태를 파악한 갈고리박은 도대체 군인들이 자신에게 왜 그러는지 너무도 억울하고 서러워서 의형제 동생이 옆에 있다는 것도 잊은 채 질질 짜기 시작했다. 그의 눈물은 방울방울 떨어져 철봉 아래의 모래를 다 적셨고 적시다 못해 흘러넘쳐 병사들은 욕지거리를 뱉으며 총을 들고 다른 자리로 가 앉아야 했다. 흰말코는 거꾸로 매달린 와중에서도, 이곳에서 살아나간다면 저 취사병 새끼의 목을 따버리겠다고 다짐하며 녀석의 목을 무딘 돌칼로 가장 힘들고도 고통스럽게 따는 것을 상상했다. 바로 그때 지휘봉을 휘두르며 똑똑한부관이 걸어왔다.

"오늘 두 명의 공개재판이 있다. 한 놈은 저 흰말코가 될 것이고 또 한 놈은 감히 고독한대령의 커피잔에 누런 가래침을 프림 대신 탄 저 취사병 놈이다. 나는 모든 것을 알고 있다. 신이 알고 있어도 말하지 않듯 나는 말하지 않고 심판할 따름이다." 그 말이 끝나기 무섭게 부관보다 더 똑똑한 병사들은 취사병의 사지를 밧줄로 묶고 있었다. 막사 안에서 부관의 목소리를 듣던 고독한대령은 왜 저렇게 똑똑한부관이 스스로 무덤을 파는지를 안타까워하고 있었.

"똑똑치 못한 자식."

*

열두 명의 어부들과 선생 그리고 미스옥은 운동장으로

모였다. 그들은 각자 준비한 것을 몸의 빈 곳이면 어디에라도 숨겼고, 심지어는 사타구니 속에 숨긴 이도 있었다. 잔뜩 찌푸린 하늘을 배경으로 태양이 가장 높은 곳에 힘겹게 떠올랐다. 휜말코와 취사병은 눈이 가려진 채 두 개의 말뚝에 나란히 묶였다. 잠시 후 고독한대령이 천막에서 게치럼 옆으로 걸어 나와 옆얼굴만을 사람들에게 보인 채—그의 시선은 먼 하늘을 바라보고 있었다—우렁차고 단호한 연설에 들어갔다. "너희들의 게으르고 썩어빠진 정신이 섬을 이 꼴로 만들었다. 나는 우선 너희들의 의식부터 개혁할 것이다. 잘 봐둬라. 오늘, 두 명의 불순하고 체제전복적인 인간쓰레기들을 군법으로 다스릴 것이다. 한 명은 이 섬의 질서를 어지럽힌 놈이고 다른 한 명은 군의 기강을 더럽힌 병사다. 군법을 어기는 자에겐 자비란 없다. 오로지 죽음만이 있을 뿐이다." 그 말에 동요한 것은 당연히 열두 명의 어부들이었다. 그들은 몸에 숨겨온 유인물을 군인들에게 들키지 않고 꺼내기 위해 아픈 척 배를 만지거나 뜬금없이 사타구니가 가려운 듯 바지 속에 손을 넣고 벅벅 긁는 척을 하기도 했다. 그런데 그게 한두 명이 아니라 전부 그 꼴을 하고 있었으므로 군인들은 더러운 어부들에게 옴이 붙은 줄 알고 한 발짝씩 뒤로 물러났다. 이젠 선생의 지시만 있으면 되었다. 그러나 미스옥 옆에 있던 선생은 고독한대령의 차가운 옆얼굴에서 그 옛날 무자비한 독재자의 얼굴을 떠올리고는 공포로 몸을 떨었다. "저건 그 옛날의 **검은썬그라스장군**이다." 미스옥은 선생이 지금 자신들은 알 수 없는 고독한 싸움을 하고 있는 거라 믿어 의심치 않으며 선생 옆에 더 바싹 붙기 위해 뾰족한 하이힐의 굽을 옆으로 조심히 옮겼다. 그때 선생의 눈에서 불꽃이 튀며—그것이 어찌나 밝았던지 플래시가 터지는 듯했다—입에선 비명 같은 구호가 터져 나왔다. "당장 발을 떼시오!" 그와 동시에 어부들의 전단지가 호외처럼 하늘 높이 뿌려졌다. "이 섬의 주인은 우리다!" "폭력적인 재판 중지하라!" "군인들은 물러가라!" 깃발을 높이 치켜든 채 앞으로 전진하려는 어부들과 그것을 막으려는 군인들 사이에 몸싸움이 시작되었다. 군인들은 일척이 넘는 곤봉을 무지막지하게 휘둘렀고 어부들은 고래 등짝에 작살을 던지듯 날카로운 욕설을 퍼부었다. 그때 어부들의 뒤에 서 있던 늙은 어부는 자신이 담당한 그물을 군인들을 향해 투망 하듯이 높이 던졌다. 그러나 하필 그물은 어부들의 머리 위로 떨어졌고 그물에 난생 처음 갇힌 어부들은 허둥대며 그동안 자신들이 함부로 잡았던 물고기 신세가 되어 버렸다. 순간 총성이 한 방 울렸다. "나의 인내심을 시험하지 말라. 더이상 소란을 피운다면 저들 중 한 명을 즉결사형에 처해 버리겠다." 고독한대령이 권총 케이스에 권총을 다시 집어넣을 시간 동안의 짧은 정적이 흘렀다. 대령의 말이 끝나자마자 철봉에 매달려 있던 갈고리박은 기다렸다는 듯이 외쳤다. "저는 지난날을 반성하고 있습니다. 대령님을 뵈옵기 전까지 저는 함부로 갈고리를 휘둘렀고, 혼자 세상의 이치를 다 깨달았다고 생각했습니다. 이제부터 그 모든 것을 반성하고 바르고 건강한 대령님의 시민이 되겠습니다." 고독한대령의 옆얼굴에 한 줄기 바람 같은 미소가 번졌다. 대령은 이런 귀여운 소리를 하는 자신의 시민을 보고 싶었지만 고개를 돌리지 않고 이렇게 말했다. "부관, 재판을 집행하라." 대오가 흐트려진 어부들은 엉킨 그물처럼 넋이 나가 있었다. 선생은 늙은 어부보다 더 뒤에서 미스옥의 손을 움켜잡은 채 얼어버린 듯, 그 옛날 기억하고 싶지 않은 살육의 현장을 떠올리고 있었다. 무수한 깃발과 구호와 매캐한 연기들이 선생의 눈동자에 빠르게 흘러갔다. 이미 똑똑한부관은 자기 멋대로 두 명의 죄수에게 방파제를 다시 쌓는 종신 부역형을 언도하곤 최후의 진술을 지시했다. 그건 대령 자신이 최종적으로 언도해야 할 결정이었는데 시건방지게도 똑똑한부관이 먼저 지껄여댄 것이었다. 고독한대령은 자신의 허리춤에서 다시 권총을 뽑아들어 부관 자식의 머리통을 날려버리고 싶었으나 극도의 자제심을 발휘해 간신히 권총 케이

스만을 쓰다듬었다. 이렇듯 쓰다듬는다는 것이 얼마나 큰 인내와 아량인지 고독한대령은 불현듯 깨달았다.

흰말코는 울부짖으며 분위기 파악도 못하고 또 팬티 속에서 난동을 부리는 자신의 물건을 두 허벅지로 꼭 조르며 뭐라 외쳐대기는 했으나 거의 울부짖고 있었으므로 간신히 알아들을 수 있는 말은 이러했다. "갈고리박 형님에겐 기회를 주고 나에겐 왜 기회를 주지 않는 것입니까? 우리는 서로의 팔뚝을 따서 피를 나눠 마시며 죽기를 같이하자고 맹세한 의형제입니다. 우리 큰형님도 대령님처럼 이렇게 무자비하진 않았습니다. 손가락 몇 개 자르고 없던 일로 덮어둘 수 없습니까? 내 조직의 법대로 해주십시오!" 부관은 그 다방에서 포도주라고 마셨던 핏빛 유리잔을 생각해 내곤 메슥거리는 속을 애써 쓸어내리며 갈고리박을 추궁했다. **"다방에서 피를 나눠 마셨는가?"** "그건 철없던 시절에 저지른 실수였습니다." "피를 나눠 마셨는가 말이다!" "아주 조금 나눠 마셨습니다." 부관은 권총을 뽑아들었다. "우린 분명히 경고했다. 신성한 군의 재판을 모독하면 어떤 일이 벌어지는지." 한줄기 길고도 아득한 총성이 먹구름이 일고 있는 수평선 끝에 가서 떨어졌다. 갈고리박의 **30근에 달하는 무거운 영혼도** 그렇게 모래 위에 떨어졌다. 그제야 흰말코의 성난 물건이 팬티 속에서 수그러들었다. 고독한대령은 너무도 똑똑한부관이 전날 밤의 계획대로 기어이 일을 낸 것에 내심 쾌재를 불렀다.

그 전날 밤. 막사 안을 밝혀놓은 등잔불로 인하여 고독한대령의 그림자가 천막 밖으로 훤히 비추고 있었다. 한참 동안이나 그 그림자를 밖에서 지켜보던 똑똑한부관은 자신의 가슴속 애잔하게 울어대는 귀뚜라미를 발로 뭉개버리고 대령의 막사 안으로 결연히 들어갔다. 이젠 두 사람의 그림자가 천막에 비쳤다. 고개를 잔뜩 수그리고 도도하게 서 있는 대령의 그림자에게 무엇인가를 끊임없이 손짓, 발짓으로 속삭이고 있는 똑똑한부관의 그림자는 마치 변절한 애인을 달래는 모습 같았다. 애인은 돌아온 듯했다. 대령의 그림자가 몇 번 고개를 끄덕였기 때문이었다. 부관의 그림자는 기쁜 마음으로 가볍게 그의 곁을 떠났다. 얼마 있지 않아 고독한대령의 막사 안으로 또 한 명의 그림자가 은밀하게 들어왔는데 옆으로 선 그 그림자의 코뼈는 형편없이 주저앉아 있었다. 이번에는 고독한대령의 그림자가 먼저 고개를 수그리고는 한참 동안이나 손짓, 발짓을 해대며 이 못생긴 그림자에게 무엇인가를 말하고 있었다. 마치 당신이 없는 틈을 타서 헤어진 옛 애인이 찾아온 것을 일러바치듯. 묵묵히 그 소리를 듣던 못생긴 그림자는 몇 번 주먹을 불끈 쥐어 보곤 밖으로 나가버렸다. 이제 혼자 남은 고독한대령의 그림자는 두 애인의 결전을 기다리는 애인처럼 막사 안을 초조히 거닐었다. 마침내 막사 안에서 음흉한 대령의 목소리가 나지막이 흘러나왔다. "똑똑치 못한 놈들."

*

"상급자의 명령 없이 민간인에게 발포한 부관을 체포하라." 똑똑한부관보다 더 똑똑한 병사들은 고독한대령의 말이 채 끝나기도 전에 부관을 말뚝에 묶고 있었다. 순간 똑똑한부관은 고독한대령의 **비열한 술책**에 말려든 것을 깨달았고 자신의 똑똑함에 분노하며 몸부림쳤다. "비열한 대령이 나를 함정에 **빠뜨렸다** 이건……" 그 말이 채 끝나기도 전에 부러진코는 미친 듯이 똑똑한부관을 향해 수십 발의 총알을 갈겨버렸다. 그것도 모자라 동료의 총까지 빼앗아 갈겼는데 단 한 방만 부관을 맞췄을 뿐 나머지는 혼비백산 도망가는 그의 동료들의 엉덩이나 어깻죽지에 사정없이 박혀버렸다. 부러진코는 뜨거운 눈물을 흘리며 번쩍번쩍 빛나는 훈장을 달고 제대해 고향 역에 내리는 자신의 모습을 떠올려 보았다. 그러나 부러진코는 상관의 명령 없이 독단적으로 부관에게 발포한 죄로 나무 위에서 매복하고 있던 저격병에 의해 사살되었다. 이제 정말 부러진코는 고향에 돌아갈 것이다.

고독한대령은 옆으로 서 있는 자세를 흩트리지 않고 어부들에게 이렇게 외쳤다. "우린 당신들 편이다. 무고한 민간인에게 발포한 부관은 죽었다. 너희들을 선동한 선생을 우리에게 넘기고 투항하라. 그러면 어떠한 사상자도 생기지 않을 것이다." 일이 이쯤 되자 이때까지 어부들 뒤에서 보이지 않게 몸을 숨기며 침묵을 지키던 선생은 대부분의 지도부가 불리한 현장에서 몸을 피하듯 미스옥과 옷을 바꿔 입고—그것은 위장하기 위해서였다—마치 삼단뛰기 선수처럼 무너진 분교의 담장을 훌쩍 뛰어넘어 달아났다. 어찌나 그 모습이 빨랐던지 아무도 선생을 보지 못했고 달아나는 선생마저 자신의 모습을 보지 못했다. 그건 매일매일 조금씩 운동장을 몇 바퀴씩 돌았던, 그 외롭던 시절의 훈련 덕분이었다. 미스옥은 선생의 헐렁한 바지를 입고 영웅의 여자가 그러하듯 그의 험난한 뒤를 쫓아 뛰었다. 그때 자신의 그물에 갇힌 늙은 어부가 두 손을 높이 쳐들고 이렇게 외쳤다. "갈고리박은 죽었다. 우리도 죽을 것이다. 신이여 우리를 구원하소서!" 그 말은 늙은 어부의 의도와는 상관없이 동요하는 어부들을 분노로 재무장시켰다. 그들은 미리 준비한 작살과 날래게 벼린 낚시바늘을 꺼내들고 군인들과 또다시 대치하게 되었다. "고독한대령을 우리에게 넘기고 투항하라. 그럼 어떤 사상자도 발생하지 않을 것이다!" 어부들도 똑같이 대령의 말을 흉내 내며 소리쳤다. 이런 어처구니없고 황당한 말에 고독한대령은 정말 이름대로 고독해지고 말았는데 그것과는 상관없이 병사들과 어부들의 대치는 삼일 밤낮을 두고 벌어지게 되었다.

그들의 코 위로 별이 뜨고 찬이슬이 내려앉았다. 고독한대령은 처음과 똑같은 자세로 혼자 고독하게 서서 텅 빈 운동장을 향해 작전을 지시했고, 그의 지휘봉은 항상 한 곳만을 향하고 있었는데 그건 선생이 달아난 뒷산이었다. 고독한대령은 선생을 제거하지 않은 것을 뼈저리게 후회했다. 삼 일째 되던 날 저녁부터 바람의 기운이 달라지고 있었다. 병사들에 밀려서 마을을 한 바퀴 돌아온 어부들은 분교 야외 변소까지 다시 후퇴하고 있었다. 그곳은 너무도 더럽고 구린내가 심해 병사들도 더는 접근하지 못하고 그 주변만을 서성댈 뿐이었다. 고독한대령은 이제 결정을 내려야 했다. 그러나 그 결정은 많은 사상자를 낼 것이고 그의 생애에 무척 수치스러운 일로 기록될 것이었다. 고독한대령은 그 옛날 자신이 모시던 검은썬그라스장군을 생각하곤—그 장군도 떳떳하게 잘 먹고 잘살지 않았는가—저녁 여덟 시를 기점으로 투항하지 않는 어부들에겐 무조건 발포하라고 명령했다.

　트럭이 분교 운동장을 서너 바퀴 돌며 스피커로 투항 방송을 시작했다. 어부들은 지독한 냄새에도 이젠 지쳐버렸고 곤봉으로 너무나 머리를 많이 얻어맞아 실성한 동지들의 헛소리를 받아주기에도 질려버렸다. 그제야 문득 그들은 정신적 지도자인 선생을 기억해냈다. 그러나 선생이 저 혼자 살겠다고 어디론가 달아난 것을 깨닫자 극심한 배신감에 치를 떨었다. 배신으로 인한 어부들의 이빨 갈리는 소리가 고독한대령과 병사들에겐 **마지막 항전의 결연한 의지**로 들렸다. 때마침 삼 일간의 긴 회유와 대치의 순간을 비집고 섬의 끝에서부터 **원군처럼 검은 구름과 비바람**이 사납게 불어 닥치기 시작했다.

　발포 오 분 전. 늙은 어부는 이젠 자신이 어떤 결정을 내려야 한다고 생각했다. "더 이상의 저항은 아무런 의미가 없다. 우린 최선을 다했고 저들도 우리들의 뜻을 알았을 것이다. 그리고 이 섬을 다시 재건하려면 군인들의 힘이 필요하다. 우린 냉정해져야 한다. 무엇보다 신께서도 폭력을 원치 않는다. 이젠 나를 믿어라." 이런 말이었는데 이쯤 사납게 바람이 불어대었으므로 늙은 어부는 그 바람 속에서 자신의 말을 지키기 위해 거의 통곡에 가깝게 소리쳤다. 어부들은 늙은 어부의 말에 하나둘씩 동요하기 시작했다. 군인들은 어부들 앞에 나서서 두 손을 번쩍 치켜든 채 열변을 토하는 것처럼 보이는 이 늙은 어부를 지금까지 뒤에서 정체를 드러내지 않던 어부들의 숨은 지도자로 보곤 일제히 그에게 총을 조준했다. 늙은 어부는 황급히 꼬리를 내리고 어부들 사이로 비집고 들어가 버렸다. 마른 가랑잎들이 만국기처럼 무섭게 비바람에 날렸다. 발포의 순간이 다가왔다.

"더운밥먹고지랄들하고자빠졌네애나어른이나생각없이설쳐대긴에이미련한종자새끼들……" 언제 나타났는지 **욕쟁이할멈**은 몇 가닥 남지 않은 머리칼을 휘날리며 그들을 향해 무섭게 욕설을 내뱉었다. 고독한대령은 이 느닷없는 욕쟁이할멈의 등장에 정신이 아득히 혼미해짐을 느꼈다. 하필 그때 바람에 의해 막사가 날아가 버렸고 **할멈의 요강**이 고독한대령의 발아래로 데굴데굴 오줌을 흘리며 굴러갔던 것이었다. 욕쟁이할멈은 자신의 놋요강을 보자 단 네 걸음에 백여 미터가 넘는 대령과의 거리를 단 두 걸음으로 좁혔다. "니미럴쌍남의요강에함부로좆댕강이를담그고오줌을누다니이런좆댕강이에옴이걸려돼질새끼……" 그때까지도 옆으로만 서 있던 고독한대령은 모든 찬사와 놀라움을 다 바치고도 남을 욕설에 자신의 귀를 틀어막으면서 권총을 뽑아들었다. 그 순간 욕쟁이할멈은 재빨리 요강을 꼬나들곤 고독한대령의 뺨따귀를 한 번도 쉬지 않고 수십 차례 갈겼다. 그제야 고독한대령의 옆얼굴이 처음으로 드러났다. 그의 다른 한쪽 얼굴에는 그 옛날 취사병 시절 성질 더러운 검은 썬그라스장군에게 달군 프라이팬으로 지짐을 당한 흔적이 역력했는데, 그의 한쪽 눈은 김치 국물 같은 피눈물을 흘리고 있었던 것이었다.

그때 갑자기 거대한 바위 돌들이 구르는 천둥소리와 바다를 들어다 흩뿌린 폭우가 쏟아져 내렸다. 이 섬에 다시 **최초의 태풍**이 돌아왔다. 그 이유야 잘은 모르겠지만 태풍은 고독한대령의 독한 오줌으로 죽어가던 측백나무를 뿌리째 뽑아버리고, 이 섬에서 쓸어 담고 간 그 모든 것들을 다시 뱉어 놓았다. 사라졌던 분교와 우체국, 수협 건물 등이 차례차례 떨어졌고, 돼지, 거위, 닭 등 온갖 가축들이 막 동남아 순회공연을 마치고 돌아온 악단처럼 시끄럽고도 요란하게 마을에 뿌려졌다. 그와 동시에 열두 명의 어부들이 무섭게 허공으로 빨려 올라가 그들의 옛 집터 위에 사뿐히 뿌려졌다. 이 마을에서 사라졌던 사람들이 그때 그 잠옷을 입은 모습대로 하늘 위에서 빙글빙글 돌며 내려왔고, 어부들은 자신들의 부인과 아이들을 발견하곤 소리 높여 이름을 외쳤으나 그들의 집들이 먼저 그들을 깔아뭉개고 말았다. 욕쟁이할멈은 이 모든 놀라운 기적에 또

다시 요강을 번쩍 치켜들며—왜 그러하였는지 할멈은 몰랐지만—욕설을 내갈겼다. "씨부랄것들똥인지오줌인지도모르고함부로설쳐대기는그러니까마을에노인들이있어야하는거야이개같은종자새끼들아." 고독한대령은 무지막지하게 불어 대는 바람에 의해 자신의 권총을 자신의 의지와 상관없이 자신의 콧구멍 속에 쑤셔 박은 채, 욕쟁이할멈에게 귓불이 틀어 잡혀 검은 구름 속으로 빨려 들어가 버렸다. **"노병은 다시 돌아온다!"** "저미친놈의햇바닥을똥물에보름동안튀겨말밑구멍이나닦아버릴테다에이쌍퉤."

아주 긴 시간 동안의 정적이 마을을 휘감고 사라졌다. 그들 모두는 그렇게 태풍과 함께 사라져 버렸다. 그 순간에 기가 막히게 욕쟁이할멈이 머물던 산 위의 토굴 속으로 뛰어 들어갈 수 있었던 선생과 미스옥은 이 섬에서 유일하게, **그때 그 시절 살아남은 자**가 되었다.

*

기억의 테이프가 다 돌아간 듯 **사내**는 똑같은 말을 몇 번이고 중얼거린 뒤 식은 엽차를 한 번에 쭉 들이켜고는 자리에서 일어섰다. 그러고는 처음 들어올 때처럼 자신의 젖은 발자국을 자신의 젖은 외투 끝으로 지우며 다방을 나가

버렸다. 밖에는 아직도 **굿은비가 내리고 있었다.** 바로 그때 다방의 어두운 귀퉁이에서 선생은 조용히 미스옥의 가슴에 안겨 울부짖기 시작했다.　●

"이렇게 깊이 숨어 있으려면 검지나 말지."

석탄공장이 있는 市에 관한 농담

광부는 그날 **꿈속**에서 어떤 알지 못할 불길한 기운에 휩싸여 이렇게 외치고 말았다. '빌어먹을! 나 **검은콧구멍**은 절대 이곳에서 물러서지 않는다.' 잠시 그는 자신의 말에 대해 어리둥절하였으나 그 말과 동시에 그의 입속에서 검은 덩어리가 튀어나왔으므로 의식의 갈피는 빠르게 그쪽으로 넘어가 버렸다. 광부는 방금 자신의 입속에서 무언가가 튀어나왔다는 아주 단순한 사건의 개요를 인식하고는 목구멍에 찢어지는 듯한 괴로움이 엄습해올 것이라는 생각에 울상이 되었다. 그러나 고통은 찾아오지 않았다. 광부는 이건 운이 좋았던 경우의 하나라고 생각하고는 이 운이 쉽게 사라져버릴 수도 있다는 생각에 목 부분을 두 손으로 부드럽게 감싸며—그것은 어쩜 늦게라도 찾아올 고통을 맞이하기 위한 최선의 방법이었다—자신의 발아래를 내려다보았다. 놀랍게도 그것은 **붉은 피를 흘리고 있는 석**

탄이었다. 광부는 자신의 몸속에서 왜 이런 석탄이 튀어나왔는지에 대해 잠시 생각에 잠겼다. 생각의 나사가 더 깊게 그의 의식을 조여올수록 그의 목을 부드럽게 감쌌던 두 손이 점점 자신의 목을 졸라대는 것을 느꼈다. 광부는 그로 인하여 생각을 그쯤에서 멈추고 말았다. 그리고 아주 단순하게 결론을 내리고 말았는데 그것은 막장에서 너무 많은 석탄가루를 마신 게 문제였다고, 그 석탄 덩어리를 발로 냅다 걷어찼다. 그러나 놀랍게도 석탄이 스스로 움직여 굴러가는 그 순간과 검은콧구멍의 발길질은 타이밍이 정확히 일치했으므로 그는 허공에 크게 원을 그리며 바닥에 엉덩방아를 찧고 말았다. 내심 이 황당하고도 불길한 일에 화가 난 광부는 굴러가는 석탄을 잡으러 뛰어갔다. 석탄이 굴러간 자리엔 붉은 핏물이 하나의 길을 만들어내고 있었다. 순간 광부는 석탄이 피를 흘리고 있다는 아주 당연한 발견을 고도의 형이상학적인 인식의 차원으로 끌어올리고 이건 어떠한 **불길한 징조의 예언**이라고 생각하게 되었다. 그리고 이것이 꿈속이라는 또 하나의 위대한 발견을 하게 되었는데, 그 순간 이 일을 동료들에게 알려야 할 자신의 막중한 의무를 깨닫고 꿈속에서 미련한 자신이 빨리 깨어나 주기를 바랐다. 그리고 그는 땀에 전 작업복처럼 숭고해지는 자신을 느끼며 풀무질하듯 가슴이 부풀어 올랐다. 예언은 검은콧구멍 그에게만 찾아온 것일까? 아니다, 그렇지 않았다. 그쯤 **도살장의신부**도 어떤 꿈인가를 꾸고 있었는데 **피 흘리는 석탄**은 검은콧구멍 광부의 꿈속에서 도살장의신부의 꿈속으로 굴러들어 갔던 것이었다.

*

 짧은 꿈에서 깬 도살장의신부는 나지막이 그러면서도 아주 단호하게 어제 새로 산 의족으로 갈아 끼운 왼다리 뒤꿈치에―골반뼈 근육과 대퇴부의 민감한 꿈틀거림으로―살짝 힘을 주며 지껄여댔다. '오! 이것은 권능에 대한 빌어먹을 **광부들의 도전**이다.' 신부는 피 묻은 장갑을 벗고 마치 무슨 대단한 사건의 수사관처럼 이맛살을 눈썹 쪽으로 잠시 당겨 보았다.

*

 소문은 급속도로 마을의 광장을 휘돌아 잠시 우물곁 아낙네들의 치맛자락을 살랑거리게 하였고 우편배달부의 입을 타고 이 마을에서 오직 하나뿐인 약국의 굳게 닫힌 셔터를 새벽에 열게 하고 말았다. 석탄이 피를 흘린다고? **약사**

스컹크는 그의 별명대로 길쭉한 코를 연신 킁킁거리며 채 소화되지 않은 배설물에 박혀 있는 겨자씨 같은 매운 방귀를 뽕뽕 뀌어대었다. 그의 방귀는 확실히 구리다거나 고약스럽지는 않았다. 단지 사방 십여 미터 안을 최루가스처럼 맵게 할 뿐이었다. 약사스컹크는 소화제 드링크를 민첩하게 그것도 딱 한 번 비틀어 열어젖히고 새벽의 수탉처럼 마셔댔다. 그 소식을 그에게 전달한 우편배달부는 벌써 그와는 꽤 먼 거리인 중앙은행의 돌계단에 앉아 고통스럽게 코를 감싸고 눈물을 찔끔거리고 있었다. 약사스컹크는 그것에 대하여 미안하다든지 안쓰럽다는 기색도 없이 우편배달부에게 크게 소리쳤다.

"도살장의신부는 뭐라고 하던가?"

*

바로 그때 이 마을에 놀라운 기적이 벌어지고 있었다. 마치 누군가 지상에서 줄을 매달아 떠올린 풍선처럼, 태양은 마을 입구 **종려나무 가지 끝에 걸려** 그 이상도 그 이하도 움직이지 않았다.

마을 사람들은 광장으로 하나둘씩 모이기 시작했다. 그들이 늘어날 때마다 최초의 소문은 이미 사라지고 없고 각기 다른 소문을 만들어 거짓말 경쟁대회나 하듯 서로를 속이고 속임을 당하며 은근히 기쁨에 들떠 있었다. 그러나 **시장**은 아직 자신의 타조 털 침대에서 일어나지 않고 있었다. 그는 **꿈속**에서 타조의 등을 타고―그러나 그의 몸무게는 백삼십 킬로그램이 넘었으므로 타조는 땅바닥에 배를 대고 기다시피―초원을 달리고 있었다. 타조가 더이상 달리기를 포기할 즘 시장은, 내가 너를 얼마를 주고 샀는데 고작 이것뿐이냐, 라며 구두코로 인정사정없이 타조의 옆구리를 내질렀다. 그러자 타조는 검은 석탄 덩어리를 주둥이로 토해냈다. 시장은 덩치에 비해 예민하고 직감이 빨랐으므로 꿈속의 이 황당한 일에 대해 **상징적인 암시**를 받았다. 피 흘리는 석탄은 시장의 꿈속에도 그렇게 굴러들어 온 것이었다. 시장은 돌돌 굴러가는 그 석탄 덩어리를 그것보다는 더 빠른 속도로 달려가 집으려고 했다. 그러나 시장에게 그것은 무리였다. 그가 선 채로 허리를 굽혀 손을 뻗으면 그의 손은 그의 허벅지, 정확히 말하면 무릎팍 바로 위까지만 닿을 뿐이었다. 문제는 그의 올챙이 같은 배에 있었다. 때론 지나치게 튀어나온 배가 권위의 상징이 되기도 했지만, 그가 무엇인가를 하려고 할 때는, 특히 허리를 굽히려고 할 땐 방해물에 불과했다. 그러나 시장은 예민한 만큼 영리했다. 그는 더 빠른 속도로 뛰어가 석탄이 굴러오는 쪽으로 휙 방향을 틀고 그대로 땅바닥에 엎드렸다. 이젠 기다렸다가 보란 듯이 잡으면 되었다. 그러나 아주 하찮은 미물인 석탄에게도 생의 의지는 있어 시장의 전방 오십 센티미터에서 딱 멈춰 버린 것이다. 순간 정적이 흘렀다. 간혹 땅바닥에 쓰러져 있는 타조의 신음 소리만 초원에 한 가닥 바람처럼 울다 사그라졌다. 이젠 시장이 생각을 바꿔야 할 차례였다. 시장은 일어서지 않은 채 배를 땅에 깔고 석탄 쪽으로 기어갔지만 이번엔 석탄이 뒤로 굴러가기 시작했다. 시장은 아예 울상이 되었다. 빌어먹을 광부 자식들! **당장에 광산을 폐지하는 입법**을 통과시켜버려야지, 하고 시장은 자신의 머릿속에 오랫동안 판단 보류로 있던 안건을 생각해냈다. 그러자 석탄은 굴러가기를 멈추었고 순간 시장은 석탄을 잽싸게 움켜잡을 수 있었다. 시장은 한동안 손아귀의 그것을 빤히 들여다보았다. 그러자 석탄이 붉은 피를 흘리기 시작했다. 마치 피눈물을 흘리는 모양으로, 조금 더 이 상태로 있다가는 석탄이 비명을 지를 것 같아 시장은 그의 힘이 닿는 한 제일 먼 곳까지 석탄을 던져 버렸다.

"재수 없게 피 흘리는 석탄이라니."

시장은 침을 퉤 뱉고 땅 위에서 일어나려고 했으나 뒤집힌 딱정벌레처럼 버둥거릴 뿐이었다.—그것은 그의 몸의 불균형이 문제였으나—그는 또다시 저주를 퍼붓듯 석탄이 사라진 곳을 쳐다보며 지껄여댔다. 권위에 도전하는 광부 새끼들은 모조리 철창에 집어넣어 버려야 해, 하며 그는 아주 구체적인 **광부탄압을 구상**해 보았다. 그가 다시 눈을 들어 앞을 보았을 때 태양은 종려나무 가지 끝에 걸려 있었고, 타조는 아직도 땅바닥에 쓰러져 가끔씩 몸을 뒤척이며 울고 있었다. 그 시각 타조의 울음소리처럼 밖이 점점 소란스러워졌다. 더는 꿈이나 꾸며 타조와 함께 초원에 엎어져 있을 수 없다는 것을 깨달은 시장은 그제야 잠에서 깨어났다. 그리고 황급히 그의 **생각있는비서**에게 전화를 걸어 각료회의를 준비시켰다.

*

한편, 검은콧구멍은 작업장을 돌아다니면서 광부들에게 꿈 이야기를 들려주었다. 그러나 광부들이 자신의 꿈에 그다지 흥미를 보이지 않는 것을 느낀 검은콧구멍은 광야로 내몰린 예언자의 서러움을 뼈저리게 느끼며 자신의 가난한 집으로 향했다. 그는 집으로 돌아와 옷도 갈아입지 않고 침대에 누웠다. 그는 극도로 외로웠는데, 그의 꿈이 점점 희미하게 사라져 감을 느꼈기 때문이었다. 그의 아내가 조용히 그의 옆에 누웠다. 아내는 그의 가슴춤으로 손을 집어넣고 무슨 일인지는 모르나 상심에 빠진 남편을 위로하기 위하여 그의 가슴에 수북이 난 털을 빗질하듯 훑어주었다. 그것은 분명 효과가 있었다. 검은콧구멍은 배꼽 아래 그의 뜨거운 부근에서 힘차게 부풀어 오르는 그것을 아내의 손을 잡아끌어 함께 꼼짝 못하도록 오랫동안 잡고 있었다. 얼마나 시간이 흘렀을까. 느닷없이 그의 집 문이 벌컥 열리고 일군의 광부들이 찾아왔다. 광부들은 검은콧구멍 내외의 그 같은 행동을 애써 외면하고는 각자 앉을 수 있는 자리를 찾아 앉았다. 급작스러운 사태에 어떤 수습도 하지 못한 검은콧구멍 내외는 그저 서로를 부둥켜안고 있을 수밖에 없었는데 그중 **늙은광부**가 입을 열었다. "자네의 꿈 이야기를 들었다. 석탄이 피를 흘리는 일은 백 년에 한 번씩 찾아오는 불길한 징조로서 우리 아버지의 아버지도 그런 꿈을 꾼 적이 있었고 그 뒤로 탄광에 대재앙이 몰려왔다." 늙은광부는 조금은 시시껄렁한 이야기를 혼자 지껄여댔다. 그러나 다른 광부들은 늙은광부의 이야기보다 잔뜩 겁에 질려 검은콧구멍의 그것을 움켜쥐고 있는 여자에게 온통 신경이 쏠려 있었다. 늙은광부는 여자로 인하여 자신의 말이 그 어떤 권위를 상실한 것을 느끼곤 여자에게 다가갔다. 그러곤 어찌할 틈도 주지 않고 자신의 노란 헬멧을 벗어서 검은콧구멍 아내의 얼굴을 덮어버렸던 것이다. 그제야 검은콧구멍은 침대 위에서 일어서며 늙은광부와 자신의 동료들을 향해 이렇게 말했다. **"나는 예언을 보았다. 그리고 그 예언은 우리가 어떠한 행동을 하길 바라고 있다. 그러나 그 행동이 무엇인지 나는 모른다."** 이런 이야기였는데, 동료들은 무너진 막장에 갇힌 불안한 눈빛으로 순간순간 서로의 얼굴을 어지럽게 쳐다보곤 하였다. 이쯤에서 늙은광부는 시에서 탄광을 폐지하고 그곳에 대규모 도박장을 차리려고 하는 비열한 음모가 날로 더해지는데, 이젠 그것이 절정에 달했고 검은콧구멍의 꿈속에 나타난 피 흘리는 석탄은 우리에게 어떤 결단을 요구한다고 다시 한번 검은콧구멍의 말을 정리하여 자신의 오랫동안의 생각인 양 광부들의 어깨를 두드려 주었다. 검은콧구멍의 아내는 노란 헬멧 속에서 이젠 잠이 들어 버렸다. 그리고 검은콧구멍은 곧 있을 어떤 사태에 대항할 광부의 대표가 되었다.

*

각료회의 소집 통지서가 각 유지들에게 배달되었다. 각료회의 인원은 기껏해야 도살장의신부와 약사스컹크, 각 구역의 **어리석은 통장들** 그리고 시장이 전부였다. 소집 통지서를 받은 신부는 기다렸다는 듯이 열두 번째 황소의 머리에 도끼를 내려찍고 도살장 안을 한번 휙 둘러보았다. 황소의 머리에서 피가 솟구치고 있었으나 신부는 개의치 않았다. 솟구친 피가 그의 얼굴에 튀었다. 잠시 그는 얼굴에 따뜻함을 느낄 수 있었다. 왠지 그 순간 이번 사건은 의외로 빨리 끝날 수도 있지 않겠느냐는 근거 없는 안도감이 들었다. 도살장의신부는 검은 사제복으로—그가 할 수 있는 한 최대한 느린 속도로—갈아입었다. 그리고 도살장을 막 나서자마자—그 짧은 순간에 어떻게 알게 되었는지는 의문이지만—태양이 종려나무 가지에 걸려 꿈쩍 않는 것을 보곤 황급히 도살장 안으로 되돌아갔다. 혹시 이게 세상 종말의 징후가 아닐까. 그는 도살장 안에서 유일하게 햇살이 비껴드는 창문을 향해 무릎을 꿇으려 했으나 잠시 당황했다. 왼다리에 의족을 착용하고 있었으므로 무릎 꿇는 행동은 불가능했던 것이다. 도살장의신부는 도살된 소의 피가 흥건하게 젖어 있는 바닥을 잠시 들여다보곤 이렇게 외쳤다. **"부디 신이시여 저에게 주어진 이 잔을 피하게 하여 주십시오."** 그의 기도 소리는 사지가 도륙 난 소들의 아직 식지 않은 더운 살 깊이 박혀 드는 듯했다. 그러나 죽은 소들은 조용했다. 너무나 조용한 느낌에 신부는—어떤 공포감을 이물스럽게 이빨로 씹는 듯해서—도살장의 바닥에 침을 퉤 뱉었다. 누런 가래가 낀 침은 소들의 붉은 피에 섞여 잠시 흐르다가 멈추었다.

*

 그즈음 약사스컹크도 각료회의에 나가기 위해 소화제를 위장 깊숙이 털어넣고 있었다. 오래된 소화불량은 소화제를 수시로 복용하고 위장에서 잘 섞이도록 몸을 좌우로 흔들어줘야 한다. 그래야 방귀가 기다렸다는 듯이 항문에서 대포를 쏘듯 터져 나오는 것이다. 사실 약사스컹크는 이 방귀로 인하여 마을 사람들로부터 외면을 받고 있었다. 어떤 이들은 약사스컹크의 무례한 방귀에 시청으로 탄원서도 내보고 직접 찾아가 조리 있게 시장에게 청원도 해보았으나 그때마다 시장은 그들에게 한여름인데도 매번 더운 차를 내어주곤 서류철만을 곤혹스럽게 들여다볼 뿐이었다. 그것은 개인의 생리작용이기 때문에 시의 법으로는 불가항력이라고 고개를 절레절레 흔들며 시장은 조금 더 참아보자는 제안을 했고, 더운 차는 이제 적당히 식었으므로 사람들은 그 차를 후룩 마시곤 황송한 듯 자리에서 일어났다. 그들은 시청 정문을 빠져나올 때쯤에야 비로소 서로의 심란한 눈을 쳐다보는 것이었다. 그 눈들이 서로에게 말하는 것은 다음번엔 좀 더 현명한 시장을 뽑아야겠다는 것이었지만, 시장은 **삼십 년째** 이 시에서 재임하고 있었던 것이다. 약사스컹크는 새 약사 가운을 장롱에서 꺼내 들고 혼자 되뇌어 보았다. '석탄의 피? 피 흘리는 석탄이라니. 석탄이 소화불량에 걸린 것도 아니고 변비가 심각해 묵은 된똥을 누다가 항문이 파열된 것도 아니라면 어떻게 석탄이 피를 흘린단 말인가.' 그리고 약사스컹크는 창문을 열고 저 멀리 광장에 응집해 있는 마을 사람들의 새까만 머리통을 한 번에 툭 돌려 틀고 그들의 더운 피를 벌컥벌컥 들이마시는 생각에 빠져버렸다. 무엇인가 설명될 수 없는 악마적인 힘이 그의 정강이뼈 부근에서 목젖 부근으로 힘차게 밀려 올라왔다. 약사스컹크는 마지막으로 아랫도리를 벗고 항문에 그 약국에서 제일 크다는 파스를 붙였다. 후끈거리는 열기가 엉덩이에 전해질쯤 약사스컹크는 약국의 셔터를 내리고 주머니에 두 손을 찔러 넣었다. 파스가 제구실을 다한다면 시장 앞에서 방귀는 새어 나오지 않을 것이다. 그리고 주머니에 찔러둔 발포성 소화제를 만져 보았다. 모든 것이 든든했다. 약사스컹크는 그때 골목길에서 나오는 도살장의신부를 보았다. 그 둘은 아주 가볍게 꽃잎처럼 고개를 끄덕여 주었다. 그러나 함께 걷지는 않았다. 신부는 약사스컹크보다 정확히 십 미터는 더 앞질러 가고 있었다. 약사스컹크도 그 거리를 의식적으로 유지해 주었다. **은밀한**

묵계 그것만이 약국과 교회에 평화를 가져다준다.

*

 조합 마당에 놓인 연단은 그리 크지 않았다. 검은콧구멍은 붉은 머리띠를 두르곤 힘차게 연단 위로 뛰어올랐다. 연단이 순간 심하게 흔들렸으나 검은콧구멍은 그의 민첩한 동작으로 연단 위에서 중심을 잡았다. 그러자 연단 아래 광부들의 박수갈채가 터져 나왔다. 광부들은 하나같이 똑같은 복장과 얼굴이었다. 석탄으로 검게 찌든 얼굴에 해지고 낡아빠진 작업복을 입고 있었다. 그리고 그들의 모자 위에 일률적으로 붙어 있는 전등은 마치 분노에 들끓는 그들의 또 다른 눈 같았다. 검은콧구멍은 그 눈만을 쳐다보며 연설을 시작했다. **"나 검은콧구멍은 피 흘리는 석탄을 보았다**. 그것은 이 탄광촌에 불어 닥칠 대재앙을 예언한다. 시의 간사한 모리배들은 자신들의 이익을 위하여 우리 광부들의 밥그릇을 빼앗아 갈 음모를 꾸미고 있다. 이곳을 가진 자들의 방탕한 여가를 위한 한갓 도박장으로 만들 계획을 꾸미고 있다. 뭉치지 않으면 우린 죽는다." 검은 콧구멍은 자신 속에서 어떻게 이런 우렁차고 당찬 목소리가 나오는지 의아해했지만, 이내 자신의 말에 자신이 감동하여 생목이 메이는 관계로 그의 다음 말들은 도저히 알아차릴 수 없었다. 그의 말이 끝나자 광부들은 함성을 질렀다. **"우리에게 무기를 줘라. 우리의 손에 그들의 피를 묻히자."** 광부 중 유달리 다혈질적인 젊은이들이 연단 아래로 몰려와 손을 높이 쳐들고 외쳐대었다. 늙은광부는 연단 아래 의자에 앉아 감격에 겨운 듯 그러나 어떠한 동요도 보이지 않고 힘들여 절도 있게 박수를 쳐대었다. 그러나 무엇을 어떻게 할 것인가는 아무도 알지 못했으므로 그들은 더욱 광적으로 자신이 뱉어낸 말들의 홍수에 잠겨갔다. 검은콧구멍은 환호하는 광부들과 일일이 뜨거운 악수를 하며 무엇을 할 것인가를 혼자 나지막이 내깔겨 보았다. 바로 그때 한 광부가 그에게 다가와선 다급한 목소리로 그러나 그의 귀에만 들릴 수 있도록 속삭이며 말했다. "시에서 각료회의가 소집되었다 합니다. 그것은 피 흘리는 석탄에 관한 안건인데, 어떻게 피 흘리는 석탄의 예언이 그들에게 샜는지는 모르겠지만 사태가 심각한 상태로 흘러가고 있다고 합니다. 그리고 태양을 한번 바라봐 주십시오." **태양이 제1갱도 부근**에 멈춰 있었다. 갱도는 검은콧구멍이 바라보는 쪽에서 어른 키 한 뼘 정도의 높이였다. "그리고 우리들의 대표를 부른다고 합니다." 그 광부는 황송한 듯 그렇게 말하곤 검은콧구멍의 유별나게 검은콧구멍의 테를 쳐다보았다. 검은콧구멍은 다시 연단으로 뛰어 올라갔다. 휘청 그가 뒤로 넘어졌으나 그 아래 일군의 젊은 광부들이 그를 받아 연단 위로 밀어 올렸다. 검은콧구멍은 그의 실수가 광부들의 사기를 저하할 시간적 여유를 주지 않고 이렇게 외쳤다. "여러분 저기 제1갱도를 보아주십시오. 태양이 저곳에서 멈춰 버렸습니다." 그때까지 그 놀라운 일을 발견하지 못했던 광부들은 서로 먼저 멈춰버린 태양을 보려고 아우성을 치며 격렬하게 옆 사람의 몸을 밀치며 동요하기 시작했다. 검은콧구멍은 이 기회를 놓치지 않고 핏대를 세우며 외쳐댔다. "제1갱도는 오래전 우리 선조 광부들께서 맨손으로 개척한 갱도입니다. 자 무슨 말이 더 필요하겠습니까? 그들이 우릴 부릅니다. 모두 시청으로 갑시다. 그곳을 접수합시다." 그의 말이 끝나기 무섭게 광부들의 동요는 찬물을 뒤집어쓴 듯 일순 조용해졌다. 검은콧구멍은 광부들의 돌연한 변화에 일격을 맞은 듯 또 한 번 연단 위에서 떨어질 뻔했다. 그때 몸의 중심을 가까스로 잡으며 검은콧구멍이 바라본 늙은광부의 눈이 심하게 흔들렸다. 이젠 늙은광부의 동조가 필요한 것이다. 잠시 동안 늙은광부와 검은콧구멍의 무언의 토론이 벌어졌다. '그건 너무 과격하지 않은가?' '아니오. 지금 칼을 빼들지 않으면 우리가 베입니다.' '만약 실패한다면 그 모든 결과는 누가 책임지나?' '나 검은콧구멍이 집니다.' 광부들은 숨을 죽이며 그들을 쳐다보았다. 잠시 후 늙은광부가 졌다는 듯 의자에서 일어나 이렇게 외쳤다. "검은 콧구멍을 따라 시청을 접수하러 갑시다!"

*

　시청의 각료회의는 오후 두 시에 시작되었다. 각 구역에서 불려 나온 어리석은 통장들은 의자에 앉자마자 끄덕끄덕 졸기 시작했다. 시장이 생각있는비서를 대동하고 회의실 문을 열고 들어왔다. 생각있는비서는 언제 그렇게 많이 준비했는지 가슴에 안은 서류 더미에 묻혀 가끔씩 하이힐을 신은 발을 헛디뎠다. 그때마다 생각있는비서는 가느다란 신음 소리를 내질렀는데 졸고 있던 각 구역의 통장들은 감고 있던 눈을 더 꾹 감으며 묘한 미소를 지어 보였다. 시장은 도살장의신부와 약사스컹크에게 악수를 청했다. 시장의 팔은 몸에 짧게 붙어 있는 꼴이라서, 신부와 약사스컹크는 시장에게 바싹 다가가 바로 그의 주둥이 앞까지 얼굴을 들이밀고 악수를 해야 했다. 시장의 입에서 막 잠에서 깬 사람 특유의 신 사과즙 냄새가 났다. 약사스컹크는 이 기회를 놓치지 않기 위해 자신의 주머니에서 발포성 소화제를 꺼내 시장에게 복용하도록 권했다. 시장은 약사스컹크와 의식적으로 거리를 두려고 황급히 약을 받곤 뒤로 물러났다. 약사스컹크는 잠시 뼈저린 외로움에 그 자리에 주저앉아 울고만 싶었다.

*

 한편, 검은콧구멍이 집회의 열기에 들떠 그의 가난한 집에 돌아왔을 때 그의 아내는 커다란 솥 가득 목욕물을 데우고 있었다. 마치 그녀의 어지러운 생각인 양 집 안 가득 뿌연 수증기가 피어올랐다. 검은콧구멍은 아내에게 천천히 걸어갔다. 시청으로 출전하기 전 마지막으로 집에 들른 것이었다. 아내는 검은콧구멍이 자신에게 다가오고 있다는 것을 그의 무거운 구둣발 소리로 알 수 있었으나 모르는 척 그대로 자신의 생각에 집중하려고 하였다. 그러나 그것은 잘되지 않았으므로 그녀는 어서 빨리 검은콧구멍이 자신에게 다가와 어떠한 행동을 해주길 바랐다. 그녀의 몸은 수증기로 젖어 있었다. 검은콧구멍은 아내의 **수세미 같은 머릿결**을 한 손으로 어렵게 쓸어 올렸다. 아내의 몸이 순간 경직되었다가 서서히 끓는 물처럼 풀어지자 검은콧구멍은 아내의 얼굴을 자신의 얼굴 쪽으로 거칠게 돌려 세우고 길게 입맞춤을 했다. 그리고 자신의 **누렇고 기다란**

혓바닥으로 아내의 뺨을 위에서 아래로 몇 번인가를 핥아주었다. 그들은 그들의 운명이 그들을 갈라놓지 않게 하길 간절히 바라는 마음으로 그 어색함을 이겨내었다. 검은콧구멍의 아내가 말했다. "이젠 당신은 **탄광촌의 영웅**이 됐어요. 이웃집 처녀들이 당신을 바라보는 눈빛이 어제와는 달라졌는걸요. 당신이 또다시 나 아닌 다른 여자와 놀아난다면 그땐……." 여자는 검은콧구멍의 누렇고 긴 혓바닥을 한 손으로 잡고 세게 잡아당겼다. 검은콧구멍의 입에서 쇳조각 같은 비명이 터져 나왔다. 검은콧구멍은 고통을 참아내려고 본능적으로 아내의 수세미 같은 머리카락을 세게 움켜잡았다. 아내의 입에서도 비명이 터져 나왔다. 그러나 그 누구도 먼저 손에 힘을 빼지 않았으므로 고통은 집 안의 정적 속에서 길게 이어졌다. 이내 검은콧구멍이 체념하듯 간절한 눈빛으로 이렇게 말했다. '그땐 당신이 **저 곡괭이로 나를 죽이시오**.' 검은콧구멍이 손으로 가리킨 현관문 앞엔 배의 닻처럼 생긴 곡괭이 자루가 모로 세워져 있었다. 그의 아내는 그제야 비로소 자신의 손에서 검은콧구멍의 누렇고 긴 혓바닥을 풀어주었다. 그 순간 무엇인가 뜨거운 것이 검은콧구멍과 그의 아내를 휘감았으니 그들은 마지막인 듯 격렬하게 요동치며 서로의 몸속으로 탐닉해 들어가기 시작했다. 그 바람에 찬장 위의 접시들이 바닥으로 떨어져 깨지고 냄비와 국그릇들이 덩달아 요동쳐댔다.

*

 어리석은 통장들은 이젠 아예 시청 회의실 탁자 밑으로 미끄러져 들어가 졸고 있었다. 그들은 가끔씩 잠꼬대를 해댔는데 대부분 어젯밤에 심하게 퍼부어댔던 술자리의 자잘한 시비 한 토막들이었다. 생각있는비서는 서류철 속에서 피 흘리는 석탄에 관한 보고서를 찾느라고 한동안 회의 탁자를 아수라장으로 만들어놓고 서류가 이게 아닌데 하는 최종적인 판단에 그만 울고 말았다. 시장은 기가 막혔으나 자신의 감정을 최대한 억누르면서 이를 악물고 회의를 시작했다. 그는 먼저 도살장의신부에게 왜 이런 일이 벌어진 것인가에 대하여 물어볼 참이었으나 신부는 경건하게 눈을 꼭 감고 있었으므로 약사스컹크에게 앞으로 벌어질 시민들의 소요를 어떻게 처리할 것인가에 대하여 물어보았다. 약사스컹크는 그런 일쯤이야 문제 되지 않는다고 말하였다. 자신이 광장으로 나가 항문에 붙여놓은 파스를 떼곤 **방귀를 한두 번 뀌면** 그것으로 마을 사람들은 각자 집으로 해산할 것이라고 말했다. 참으로 어처구니없으면서도 그러나 일리 있는 말이었다. 시장은 한시름 던 듯한 기분에 한 귀퉁이에서 울고 있는 생각있는비서를 용서할 아량으로 차를 준비해올 것을 부탁하려고 하였으나 생각있는비서는 시장이 그런 생각을 할 겨를도 없이 회의실을 나가버렸다. 그러나 문을 닫지 않고 나갔으므로 밖에서 웅성거리는 시민들의 소란스러운 소리가 들렸다. 시장은 순간 그 소리를 듣고 놓았던 한시름을 다시 마음에 올려놓았다.

"나는 광부들에 대하여 이야기하고 싶은 거외다." 시장은 이번 기회에 광부들을 이 마을에서 내쫓아내고 싶었다. 탄광은 몇 해째 적자를 면치 못하고 있었고 그것은 그에게 큰 골칫거리였다. 차라리 이웃 시에서 석탄을 수입하는 것이 훨씬 많은 이윤을 남길 수 있다는 것을 알고 있었으므로, 시장은 탄광을 폐지하고 그곳에 대규모 자본을 끌어와 유락시설인 달린 도박장을 만들면 관광 수입과 기타 여러 부대시설 사용료에서 얻을 수 있는 순이익이 석탄 산업보다 낫다고 생각했고 그러한 연유로 시장은 여러 번 각료회의 때마다 탄광 폐지를 주장했다. 하여간 시장은 그런 말들을 또 혼자 지껄여댔고, 그 말이 끝나기가 무섭게 다른 사람이 자신의 말을 낚아채갈까 봐 얼른 자신도 오늘 피 흘리는 석탄을 꿈속에서 보았다고 말했다. 그러나 타조 이야기는 하지 않았다. 혹 누군가 고급 타조 털 침대를 빌미 삼아 자신의 도덕성을 공격한다면 회의는 자신에 대한 탄

핵으로 흐를 소지가 있었기 때문이었다. 이제 시장은 자신의 키보다 두 배나 긴 의자의 등받이에 몸을 느긋이 기대곤 도살장의신부를 내려까는 눈으로 쳐다보았다. 시장의 말을 들은 도살장의신부는 내심 놀랐으나 애써 태연한 척 마음을 가다듬고 눈을 떴다. 그의 눈빛은, 시장 당신이 본 건 번개탄쯤 되겠지 하는 약간의 조롱이 섞여 있었다. 감히 신의 대리인인 나와 동격으로 놀려고 하다니, 생각 같아서는 한껏 비웃어주고 싶었으나 그는 자신의 감정을 적당히 제어하며 회의실 창문에 비스듬히 낀 햇살을 쳐다보곤 말했다. **"사실 피 흘리는 석탄이 문제가 아니라 멈춰버린 태양이 더 문제가 아니겠습니까?** 그건 필시 신이 굉장히 노여워하는 일을 누군가 저질렀기 때문인데 우리 모두 그 문제에 대하여 심사숙고하는 자세로 회의를 진행해야 합니다." 도살장의신부는 소의 정수리에 도끼를 내려치듯 탁자를 힘차게 내려쳤다. 그 소리가 어찌나 우렁차고 위협적이었던지 졸고 있던 어리석은 통장들이 하나둘씩 잠에서 깨어났다. 순간 시장은 도살장의신부의 단호한 의지에 감복하여 자신도 모르게 할렐루야를 외치고 말았는데 그것으로 인하여 이 회의는 종교적 문제로 흘러가는 듯하게 되었다. 분위기가 도살장의신부 쪽으로 넘어가자 약사스컹크는 재빨리 빌어먹을 광부들을 더이상 이곳에 거주하게 하여서는 안 된다고 주장했고 그때마다 발포성 소화제를 꺼내 마셨다. 이 기회를 놓칠세라 시장은 단호하게 일어서서 종합하여 말했다. "**문제는 광부들이 우리 시를 적자의 수렁으로 몰아간다는 것이외다.** 이런 연유로 신께서 피 흘리는 석탄과 멈춰버린 태양을 어떤 상징적 암시로 본인에게 보여주셨습니다." 만만치 않은 힘의 대립을 파악한 도살장의신부는 더는 거드름을 피우지 않고 속내를 털어놓았다. 광부들에게 어떠한 조치도 취하지 않는다면 태양은 더이상 우리들의 머리 꼭대기에 그 온화한 빛을 내리쏟지 않을 것이라고 일침을 놓았다. 그리고 그곳에 도박장을 세운다는 계획에 자기는 적극 찬동하며 그렇게 된다면 부대시설로 들어서는 음식점에 고기를 공급하기 위해 더 열심히 소를 도축하겠다고 말했다. 그러면서 너무 노골적인 자신의 음흉한 속셈이 혹 들통 난 것은 아닐까 하고 흘낏 통장들을 둘러보았다. 그러나 어리석은 통장들은 그저 박수만 쳐대었고, 약사스컹크는 도박장이 세워질 경우 자신에게 떨어질 이익을 손가락으로 꼽으며 셈하고 있었다. 그때 생각있는비서가 더운 차를 가지고 들어왔다. 생각있는비서가 들어오는 동시에 어리석은 통장들은 다시 눈을 감고 졸기 시작했다. 생각있는비서의 또각거리는 하이힐 소리에 흐뭇한 미소를 짓고 그들은 더 깊이, 보다 **빠르게 꿈속으로 빠**

져들었다. 도살장의신부는 의자에서 일어나 창문이 있는 곳으로 걸어가며 읊조렸다. "오늘부터 낡은 도끼는 모조리 버리고 새로운 도끼를 사두어야겠어. **이건 신이 나에게 준 최대의 기회다.**" 시장은 그런 그의 말에는 아랑곳없이 자신의 꿈속에서 본 타조를 생각해 보았다. 다음번엔 낙타를 타고 초원을 달려보아야지 하면서 생각있는비서가 가져온 차를 아무런 생각 없이 단번에 마셔버리곤 잠시 동안 뜨거움을 느끼지 못하다가 얼마를 주고 산 타조인데 이 따위밖에 되지 못하지, 하고 말한 자신의 꿈속 말을 되뇌어 보았다. 그러곤 황급히 주둥이를 딱 벌리곤 손으로 부채질을 하며 회의실을 뛰쳐나가 버렸다. 어두운 복도 저편에서 증오에 찬 소리가 터져 나왔다. "아무리 생각이 있어도 그렇지! 내가 시장을 사퇴하든지 저년을 당장 갈아버리든지 할 테다." 생각있는비서는 도살장의신부에게 곧 있으면 광부의 대표가 도착할 것이라고 속삭여 주었으나 도살장의신부는 도박장이 들어서면 하루에 몇 마리의 소를 더 도축해야 하는지에 대한 생각으로 헛말을 하고 말았다. **"닥치는 대로 죽여버리지 뭐."** 생각있는비서는 그 말을 종교적으로 해석한 나머지 그 옛날 마녀 화형식을 생각해내곤 자신의 붉은 하이힐을 내려다보았다.

*

그때 검은콧구멍과 광부들이 시의 중앙은행을 지나 시청 앞 광장으로 몰려오고 있었다. 검은콧구멍은 광부들의 대오를 일사불란하게 지휘하며 구호를 외쳤다. "시청으로 갑시다." "그곳을 접수합시다." 광부들이 대오를 이루며 지나가자 무슨 이유인지도 모르고 시민들은 열렬하게 박수를 쳐주었다. 어떤 여자들은 검은콧구멍에게 **지금 막 자신이 애인에게 받은 꽃다발을 안겨주고** 수줍게 다시 애인의 품으로 뛰어가곤 하였다. 검은콧구멍은 바짝 긴장하지 않을 수 없었다. 검은콧구멍은 한때 자신도 어떻게 해보지 못할 만큼 여색을 탐하곤 했었다. 그 버릇이 다시 이 중요한 순간에 나온다면? 검은콧구멍은 그런 일에 대해선 생각하기도 싫어졌다. 그러한 자신의 의지의 확인으로 검은콧구멍은 여자들에게서 받은 꽃다발을 시민들에게 던져 주곤 하였다. 그때마다 시민들의 환호 소리가 시청 앞 광장의 분수를 높이 들었다 내려놓곤 했다. 한편 시민들의 틈에서 이 모든 상황을 지켜본 검은콧구멍의 아내는 남편을 향한 질투심에 몸을 부르르 떨며 남편의 말을 떠올리고 있었다.

'저 곡괭이로 나를 죽이시오.'

몇 명의 경찰관과 수위들은 쉽게 진압되었다. 시의 오

랜 동안의 평화로 인하여 그들은 이 사태를 어떻게 진압해야 하는지 전혀 훈련되어 있지 않았다. 그들이 기껏 아는 것은 시위대를 보고 큰소리로 위협하는 것 정도였다. "당신들은 시의 위대한 법을 어기고 있다." 그 말뿐이었다. 그들은 사실 시의 법도 제대로 모르고 있는 경우가 태반이었다. 이윽고 광장은 어떤 알 수 없는 기운으로 붉게 물들어갔다. 그때 검은콧구멍은 이렇게 큰소리로 외치고 말았다. **"빌어먹을 나 검은콧구멍은 절대 이곳에서 물러서지 않는다."** 그러나 이제 검은콧구멍은 자신의 말에 당황하지 않았다. 검은콧구멍은 왼쪽 팔에 완장을 둘러맸는데 거기엔 광부대표라고 쓰여 있었다. 그리고 노란 헬멧을 눌러쓰고 곡괭이 자루를 어깨에 둘러멘 막장의 작업복 차림으로 회의에 참석하려고 하였다. 그렇게 함으로써 시청 안 모리배들의 기를 옴팍 죽이고자 한 것이다. 시청은 사실상 이미 광부들에 의해 접수된 상태였다. 그것을 모르는 것은 시청 안의 시장과 생각있는비서와 도살장의신부와 약사스컹크 그리고 어리석은 통장들뿐이었다. 검은콧구멍은 이쯤에서 자신이 영웅적인 결단을 내려야 한다고 생각했다. 그것은 적의 소굴에 혈혈단신으로 들어가 결판을 짓는 행동을 광부와 시민들 앞에 보여주는 길밖에 없었다. 그는 늙은광부에게 자신이 먼저 들어가서 이야기를 해보고, 그다음에 사태의 추이를 봐서 광부들을 투입해달라고 부탁했다. 늙은광부는 이쯤에서 자신도 뭔가를 해야 한다는 생각에 그곳에 함께 들어가고 싶다고 말했다. 그러나 의외로 검은콧구멍은 **단호하게 안 된다**고 말하곤 시청 안으로 혼자 쏜살같이 들어가 버렸다. 늙은광부는 무엇인가 검은콧구멍에게 빼앗긴 것 같아 잠시 그것이 무엇인지를 생각해 보았다. 그것은 자신이 탄광에서 심심찮게 휘두르던 권력이었던 것이다. 그것을 깨달은 늙은광부는 힘없이 광부들 틈 속으로 걸어 들어갔다.

*

도살장의신부는 그날 있었던 아주 짧은 시간 동안의 졸음과 그것보다 더 짧은 꿈속에서 그가 보았던 피 흘리는 석탄에 대한 어떤 상징성을, 탄광을 폐지하는 쪽으로 끌고 가보려고 다시 한번 떠올려보았다. **탄광 폐지의 신학적 명분** 그것이 그에겐 필요했다. 그날 새벽, 여섯 마리째 소의 뿔과 뿔 사이로 도끼를 내리치려는 순간, 손에 들었던 도끼의 무게가 갑자기 사라져버리고 고운 모래가 머릿속에 들이부어지는 듯한 느낌을 받으며 선 채로 선잠에 빠져들었는데, 꿈속에서 기적처럼 나타났던 시커멓고 동그란 그것은 분명 석탄이었다. 그것은 검붉은 피를 흘리고 있었다. 피가 검은 석탄 위에 붉게 퍼질 때 선잠에서 깨어났고 도끼는 소의 정수리를 쪼개어 놓고 있었다. 그리고 믿을 수 없는 일이 일어났다. 태양이 멈춰버린 것이다. 지금까지 벌어진 사건의 과정을 다시 밟아 내려오자 신부는 불현듯 도살된 소의 마지막 울음처럼 외쳤다. **"오! 이것은 권능에 대한 빌어먹을 광부들의 도전이다."** 그리고 도살장의신부가 절뚝거리며 몸을 돌렸을 때 검은콧구멍이 회의실 안으로 들어오고 있었다.

*

회의실 안은 깊은 막장처럼 조용했다. 한쪽 어깨에 곡괭이를 둘러메고 노란 헬멧을 쓴 검은콧구멍은 왼쪽 팔에 비딱하게 흘러내린 광부대표 완장을 바로잡았다. 누구도 의심할 수 없을 정도로 그의 모습은 광부의 대표였다. 검은콧구멍은 자신의 움츠러드는 마음을 자신에게 속이려고 연신 쌍욕을 지껄여댔는데, 그것은 광부들이 석탄을 캐면서 지껄이는 오래된 욕설이었다. '**이런 깊은 곳에 숨어 있을 바엔 겁지나 말지** 빌어먹을 새끼들.' 뭐 이런 말이었는데 문 앞에서 그는 이 말을 두 번인가 하곤 이내 회의실의 정적에 다시 기가 죽어 버렸다. 그러나 검은콧구멍은 순식간에 막장을 빠져나온 사람처럼 숨을 한번 크게 들이마시고 내뱉었다. 그것으로 그는 다시 쭈그러진 자신의 기를 펼 수 있을 것이라고 자신에게 위안을 주며 말했다. "나를 이곳에 부른 이유가 뭐요?" 생각있는비서는 검은콧구멍 광부의 불량한 말투와 말할 때마다 희게 빛나는 이빨을 보곤 생각 있는 생각에 욕망의 불이 확 달아붙는 것을 느꼈다. 검은콧구멍도 자신을 향한 생각있는비서의 생각 있는 수상쩍은 눈빛을 읽어냈으나 애써 냉담한 표정을 지어 보였다. 그러나 검은콧구멍은 잠시 흔들렸다. 예전의 버릇이 욕망의 불길을 피해 도망가려는 그의 두 발을 꼼짝없이 붙잡고 있었던 것이다. 그것을 알지 못하는 도살장의신부는 광부에게, 더이상 석탄 채굴을 할 수 없을 것이라고 단호하게 말했다. 검은콧구멍은 도살장의신부 따위의 말은 성가시다는 듯 자신의 노란 헬멧을 바닥에 내팽개치고는 성큼성큼 그에게 걸어갔다. 순간 도살장의신부는 자신의 의지와는 상관없이 광부에게 위협을 느낀 왼다리의 의족이 차갑게 굳어 감을 느꼈다. 그러나 광부는 의외로 부드럽게 어깨에 둘러메고 온 곡괭이를 신부의 손에 쥐어주었다. 도살장의신부의 몸은 광부의 돌연한 부드러움 앞에 무릎이라도 꿇고 싶은 강한 충동을 느꼈으나 신부 그 자신은 심히 분노하지 않을 수 없었다. 그러나 그것보다도 그를 더 난처하게 하는 것은 곡괭이 자루였다. 도살장의신부는 나름대로 도끼에는 이력이 나 있었지만, 곡괭이 자루는 처음인지라 그것을 어떻게 손에 쥐고 있어야 하는지 잠시 망설이지 않을 수 없었다. 검은콧구멍도 그러한 도살장의신부의 마음을 읽었는지 곡괭이 자루를 그의 오른손에 바로 쥐어주고 왼손을 오른손에 얹어주었다. 그리고 그것을 도살장의신부의 오른쪽 어깨 빗장뼈 위로 들어올렸다. 광부는 이제 자신이 내팽개친 헬멧을 주워들어 도살장의신부의 머리 위에 왕관처럼 경건하게 씌어주었다. 도살장의신부는 이 급변한 사태를 어떻게든 수습하려 이렇게 소리쳤다. "빌어먹을 광부 녀석! 신의 권능에 도전한 대가를 톡톡히 치를 것이다." 그러나 검은콧구멍은 도살장의신부를 향해 이렇게 말했다.

"나의 권능은 저 밖에 모여 있는 광부들이 주었다. 그럼 너희 신의 권능은 누가 주었는가?"

검은콧구멍도 자신의 말이 무엇을 뜻하는지는 몰랐으나 무척 근사한 말이라고 생각했다. 무식한 광부에게 예상치 않은 일격을 받은 도살장의신부는 아득히 정신이 혼미해져 가는 것을 느꼈다. 그와 동시에 그의 입은 정신적 공황으로 크게 벌어졌다. '정말 신의 권능은 누가 주었단 말인가?' 그러나 검은콧구멍은 끓어오르는 욕정을 자신도 더

이상은 어쩔 수 없다는 듯 뒤돌아 생각있는비서에게 걸어갔다.

*

 그 시각, 시청 안 광장엔 시민들이 속속 모여들고 있었다. 그 수는 헤아릴 수 없을 정도로 많았는데 시장은 화장실에서 뜨거운 차에 데인 입안을 찬물로 헹구고 창문을 통해 그 광경을 바라보다 그들의 검은 머리통에 기름을 붓고 불을 확 싸질러 버리면 멋있겠다고 생각해 보았다. 그러자 데인 그의 입안이 다시 후끈거려왔다. 그가 바닥에 침을 한 번 퉤 뱉고 거울을 들여다본 순간 그의 머리통 뒤로 싸늘한 한 줄기 바람이 지나가는 듯하여 다시 돌아본 창문 밖에는 불길한 예상대로 광부들이 곡괭이 자루를 높이 치켜들고 함성을 질러대고 있었다. 올 것이 이렇게 빨리 오다니. 시장은 빨리 무슨 대책인가를 세워야겠다는 생각으로, 대책이 세워지면 그 대책이 이 사태를 수습하는 데 늦지 않았기를 바라는 마음으로 화장실을 나와 회의실로 뛰어갔다.
 시장이 회의실로 뛰어 들어갔을 때 검은콧구멍은—그것을 여자에 대한 예의라고 생각했거나 말거나—생각있는비서의 하이힐을 누렇고 긴 혓바닥으로 쓸어대고 있었고,

도살장의신부는 곡괭이 자루를 둘러멘 채 허공에 대고 성부와 성자와 성신을 외치며 광부에 대한 분노로 울부짖고 있었다. 어리석은 통장들은 이젠 아예 서로서로 몸을 포개고 보란 듯이 탁자 밑에 곯아떨어져 있었다. 잠에서 깨면 그들은 다시 바뀐 정책과 인물을 따르기만 하면 되었다. 그러한 이유로 그들의 잠은 하급 관료들의 정치적 생존방식이라고도 볼 수 있었다.

    시장은 예민하고 직감이 빨랐으므로 최대한 침착하게 자신의 볼록한 배에 두 손을 가지런히 얹고 권위 있게 검은콧구멍을 보며 말했다. **"더이상 광부들은 이 시에 거주할 수 없소**. 그것이 이번 회의의 결론이외다." 검은콧구멍은 그제야 그 자신이 광부들의 대표로 이곳에 온 것을 생각해내곤 생각있는비서에게서 황급히 떨어지며 시장에게 말했다. "이유가 뭐요?" "신부와 내가 꿈속에서 신의 예언으로 본 피 흘리는 석탄과 무엇보다 저 멈춰버린 태양 때문이오." 검은콧구멍은 시장이 자신의 꿈을 역으로 이용하여 비열한 공작을 펼치고 있다고 생각하였다. '멈춰버린 태양이 우리 광부들과 어떤 연관이 있단 말인가?' 검은콧구멍은 분노에 싸여 어금니를 몇 번 갈아대곤 곧 이렇게 맞받아쳤다. "그렇담, 우리도 더는 시장 당신을 인정할 수 없소. 그건 내가 꿈속에서 본 그 피 흘리는 석탄의 예언 때문이오.

그리고 저 **멈춰버린 태양도 그 이유로 넣어둡시다.**" 시장은 잠시 어리둥절했다. 일개 무식한 광부가 어떻게 자신의 꿈을 역으로 이용할 생각을 했는지 시장은 기가 찼다. 시장은 당하고 있을 수만은 없었다. 시장에겐 시민들이 부여한 법의 권능이 있지 않은가. "무엇보다 당신들의 이번 집단행동은 시에 대한 도전이며 반역이외다. **그 책임은 누군가 목숨을 대가로 져야 할 것이외다.**" 시장은 자기가 생각해도 한 시의 지도자로서 모자람이 없는 의연한 말투와 행동이었으므로 다음 선거에 지금의 이 상황을 각색하여 선거용으로 써먹는다면 당선은 무리가 없을 것이라고 흡족하게 생각하였다. 검은콧구멍은 시장에게서 누군가 책임져야 한다는 말을 듣자 순간 이 모든 것으로부터 도망가고 싶었다. 검은콧구멍은—자신도 자신의 행동에 어처구니가 없었지만—자신의 불안한 마음을 달래기 위해 본능적으로 생각있는비서 쪽으로 가 무릎을 꿇고 누렇고 긴 혓바닥으로 다시 하이힐을 핥아대기 시작했다. 생각있는비서의 단말마 같은 기이한 신음 소리가 회의실에 울려 퍼졌다. 이 모든 사태를 조심히 관망하고 있던 **약사스컹크의 눈빛이 복잡한 무엇인가를 계산하듯 빠르게 흔들렸다.**

*

늙은광부는 시청 안으로 들어간 검은콧구멍이 약속된 시간 내에 나오지 않자 내심 쾌재를 불렀다. 그가 할 일이 생긴 것이었다. 조금 전부터 광부들은 검은콧구멍이 나오지 않자 조금씩 대열이 흔들리고 있었다. 늙은광부가 대오의 앞으로 다시 나가려 하자 광부들이 길을 비켜 주었다. 그것으로 늙은광부는 자신의 권위를 되찾은 거였다. 그의 마음은 빨리 광부들 앞으로 나가고 싶었으나 그의 걸음은 한없이 거드름을 피우며 천천히 나아갔다. 마치 사열을 받는 지도자와 같은 심정으로 늙은광부는 대오 앞에 섰다. 늙은광부는 동요하는 광부들을 향해 두 손을 번쩍 치켜들며 이렇게 말했다 "**검은콧구멍은 실패한 것 같다**. 이제 내가 저곳으로 들어갈 것이다." 광부들의 환호성 소리가 다시 울려 퍼졌다. 덩달아 시민들도 환호성을 질렀다. 이유는 단순했다. 이 재미있는 사건이 이대로 맥없이 끝나버리면 어쩌나 하는 불안감이 잠시 잠깐 그들을 엄습했으나 다시 광부들이 대오를 정비하여 사건을 더 길게 만들어갈 것이라는, 이를테면 좀 더 재미있는 구경이 남아 있다는 구경꾼들만이 가지는 안도의 환호성이었다. 늙은광부는 **미리 준비해둔 완장**을 팔에 둘렀다. 거기엔 광부의 지도자라고 씌어 있었다. 그러나 어떤 광부도 그것에 토를 달지 않았다. 늙은광부가 시민들을 뒤로 한 채 시청을 잠시 바라보다 숨을 깊게 들이마시며 한 걸음 떼려 할 때 누군가 쏜살같이 시청 안으로 들어가 버렸다. 그 누군가는 **검은콧구멍의 아내**였던 것이다. 광부들과 시민들은 검은콧구멍의 아내의 용기에 환호성을 질렀다. 늙은광부는 정말 어이가 없었다.

*

검은콧구멍의 아내가 시청 안 회의실로 뛰어 들어가 처음 본 것은 당연히 그의 남편 검은콧구멍이 생각있는비서 앞에 무릎을 꿇고 누렇고 긴 혓바닥으로 하이힐을 정성스럽게 핥고 있는 광경이었다. 검은콧구멍의 아내의 눈동자는 그러면 그렇지 하는 체념과 함께 자신의 생각이 맞았다는 자기 확신으로 어지럽게 흔들렸다. 검은콧구멍의 아내는 순간 자신이 무엇을 해야 하는지를 알았으므로 곡괭이를 든 채 울부짖고 있는 도살장의신부에게로 가서 그 곡괭이 자루를 빼앗으려 했다. 그러나 도살장의신부는 여자가 자신을 해치려는 줄 알고 곡괭이 자루를 더 단단히 붙잡았다. 당연히 둘의 실랑이가 벌어졌다. "소 혓바닥 같은 자식, **내 손으로 기필코 죽일 테다.**" 여자의 욕설에 도살장의신부는 더 필사적으로 곡괭이 자루를 부여잡았다. 욕설이 오가고 여자는 신부의 머리채를 잡아챘다. 도살장의신부는 여자의 복부를 의족으로 서너 차례 힘껏 내질렀다. 그러나 여자는 끄덕하지 않았다. 그의 의족 어디쯤인가의 나사가 풀렸던지 의족이 힘없이 무릎을 꿇었다. 의족이 무릎을 꿇자 그의 성한 다리도 무릎을 꿇을 수밖에 없었다. 이젠 검은콧구멍의 아내가 그 밑에 깔리는 형국이 되었다. 시장은 이 급작스런 사태를 어떻게 수습해야 하는지 도저히 자신의 머리로는 알 수가 없어 그때까지도 복잡한 계산에 빠져있는 약사스컹크를 바라보았다. 이쯤에서 약사스컹크는 자신이 나서야 한다는 것을 알고 의자에서 일어나 단호하게 바지를 벗고 팬티를 내려깠다. 그리고 항문에 붙여놓았던 파스를 떼어내려 하였다. 그러나 파스는 의외로 쉽게 떼어지지 않았다. 하지만 그것은 지금까지 사태를 관망한 **약사스컹크의 또 다른 계략**이었다. 그것을 모르는 시장은 약사스컹크를 다그쳤고 약사스컹크는 시장을 향해 한 가지 제안을 했다. 광부들을 탄광촌에서 몰아내고 그곳에 도박장을 세우면 그곳의 지분을 자신에게도 **3할 정도 배정**해줄 것을 제안했다. 시장은 약사스컹크의 겁 없는 제안에 놀라고 말았다. 엄밀히 말하면 어떻게 그런 낯 뜨거운 말을 사람들 앞에서 쉽게 할 수가 있는가 하는 데서 오는 놀라움이었다. 그 말을 들은 검은콧구멍은 불현듯 제정신으로 돌아왔다. 제정신으로 돌아온 그가 처음으로 본 것은 무릎을 바닥에 꿇고 곡괭이 자루로 그의 아내를 내리누르고 있는 도살장의신부였다. 검은콧구멍의 눈에서 불꽃이 튀었다. 그가 도살장의신부에게 달려가려는 순간 그만 검은콧구멍은 자신의 발에 걸려—몇 번을 휘청이다가—생각있는비서 쪽으로 넘어지고 말았다. 생각있는비서는 이 모든 사태가 자신으로 인하여 벌어진 줄 알고 하이힐을 얼른 벗어들고 시청 앞 광장이 보이는 창문 쪽으로 뛰어가 비명을 지르고 말았다. 사실 그 비명은 광장에 모인 험악한 광부들을 보고 지른 것이었는데, 실의에 빠진 늙은광부에게는 다시 없는 좋은 기회가 되었다. 하이힐을 벗어든 여자가 회의실 창문에 기대어 광장의 그들에게 간절하게 구해줄 것을 요청하는 것으로 보였기 때문이었다. 이제 늙은광부는 자신의 감정을 능청스럽게 사람들 앞에서 속일 심리적 여유가 없었으므로 곧바로 신랄하게 검은콧구멍을 비방했다. "**검은콧구멍이 기이한 방식**으로 여색을 탐한다는 것은 우리 탄광촌이 다 아는 일이었다. 그런데도 우리가 그의 예언을 믿고 그를 대표로 시청 안에 보낸 건 그에게 동료적 입장에서 기회를 한번 주자는 것이었는데 그는 저곳에서도 기어이 본성을 숨기지 못하고 말았다. 그가 우리들의 신의를 더럽혔다. 이젠 정말 내가 저곳에 들어가야 할 때다." 그의 말은 이번 사태 이전부터 하루에 꼭 한 번씩 준비하고 외워두었던 것처럼 일사천리로 그의 입에서 튀어나왔다. 그 말과 동시에 늙은광부는 시청 안으로 쏜살같이 뛰어 들어갔다. 이젠 그 누구도 늙은광부를 어이없게 만들지 않았다.

*

시장은 선택을 해야 했다. 스컹크에게 3할을 약속하고 이 사태를 진압하느냐 아니면 한 치 앞도 알 수 없는 운명에 맡길 것인가. 교활한 약사스컹크는 모든 정치적 거래에는 자신이 있었다. 그런데 시장이 선뜻 대답하지 않는 것이 조금은 불안했다. '**도대체 시장은 그깟 3할 정도의 지분을 왜 아끼는 것일까?**' 그러나 시장의 머릿속에서는 피눈물을 흘리는 주판알들이 하나 빠지고 하나 더해지고 있었다. 도살장의신부에게 이전에 미리 2할을 약속했었는데 약사스컹크에게 **3할**을 주면 나머지는 **5할**. 또 통장들에게 각각 **몇 할**의 지분이 돌아가고 그럼 자신에게 남는 것은 **몇 할**이란 말인가? 그럼 도살장의신부의 지분을 더 줄이는 수밖에 없었다. 잠시 혼란스러워졌다. 시장은 난생처음으로 자신의 손바닥에 땀이 배는 것을 느꼈다. 그는 두 손을 자신의 볼록 튀어나온 배에 쓰윽 문질렀다. 그 행동은 마치 모든 것은 이미 자기 안에 결정되어 있다는 모습으로 보였다. 초조히 그 행동을 지켜보던 도살장의신부는 어떻게든 시장의 말을 막기 위하여 일어서려고 하였으나 검은콧구멍의 아내는 신부를 붙들고 놓지 않았다. 시장이 다시 한 번 두 손바닥을 배에 쓱 문지르고 약사스컹크의 제안을 승낙할 자세를 보이자 도살장의신부는 마지막 힘을 다하여 일어서려고 하였다. 그러나 검은콧구멍의 아내가 도살장의신부의 머리채를 붙들고 끝까지 놓아주질 않자 다급한 그는 곡괭이를 그녀의 머리 위로 높이 치켜들곤 위협적으로 두 눈을 부라려 보았다. 바로 그 순간, 신부는 자신의 의지와는 상관없이 **오랜 직업적 관성**이 시키는 대로, 치켜든 곡괭이를 정확하게 여자의 정수리에 찍어 놓았다. 그것은 정말 순식간의 일이었다. 여자는 도끼를 얻어맞은 황소처럼 가늘게 신음을 토하곤 몇 번 피식피식 머리통에서 붉은 피를 뿜어대더니 맥없이 사지를 뻗어 버렸다. 순간 그것을 지켜본 약사스컹크도 시장도 경악하며 도살장의신부의 주변에서 두세 발짝씩 물러섰다. 그와 동시에 시장은 내심 이런 사태를 노렸다는 듯 약사스컹크에게 그것만은 안 된다고 단호하게 잘라 말했다. 그 말에 어이가 없는 건 약사스컹크가 아니라 도살장의신부였다. 도살장의신부는 자신이 시장의 얄팍한 술수에 말려들었다는 것에 어이가 없었다.

  약사스컹크는 시장의 더러운 물욕에 속이 뒤틀릴 만큼 화가 났다. **"그럼 시장 혼자 다 먹겠다는 것인가?"** 약사스컹크는 자신의 엉덩이에 붙은 파스를 떼어내어 시장에게 본때를 보여주어야겠다고 결심하곤 얼른 파스를 떼어내었다. 그러나 그가 그토록 믿었던 방귀는 중요한 순간에 그를 배신했다. 방귀를 뀌지 못하는 약사스컹크는 이제 아무런 위협도 되지 못했다. 그는 단지 발가벗고 있는 우스꽝스러운 약사일 뿐이었다. 검은콧구멍은 눈알이 빠질 것 같은 분노를 느끼며 아내에게로 기어갔다. 막상 사지를 뻗고 축 늘어진 죽은 아내의 얼굴을 보자 검은콧구멍은 검은 먹구름이 걷히고 밝은 태양이 떠오르는 통렬한 해방감을 느꼈던 것인데—그 찰나의 순간 이웃집 처녀들과 자신이 얼싸안고 춤을 추는 환영까지 보았던 것이다—그러한 기분은 그리 오래가지 못했다. 슬픔에 젖어 있는 그에게 말없이 다가와 가슴의 털을 부드럽게 쓸어주었던 아내의 손길이 떠오르자 검은콧구멍은 시뻘건 화인에 데인 망아지처럼 큰소리로 울부짖었다. 그것은 마치 도끼를 십여 차례 맞고도 죽지 않던 황소가 내지르던 마지막 울음과도 같았다. 도살장의신부도 지금 막 자신이 저지른 살인에 완전히 정신이 나가 팔을 허공에 휘둘러대면서 성부와 성자와 성신을 찾으며 울부짖었다. 그때 검은콧구멍은 닭똥만 한 눈물을 툭툭 떨어뜨리며 그의 아내를 내리찧었던 **피 묻은 곡괭이**를 신부의 머리 위로 높이 쳐들었다.

그 순간 젊은 광부들이 회의실로 뛰어 들어왔다. 그렇담, 늙은광부는 어찌된 것일까? 늙은광부는 회의실로 올라오는 마지막 계단에 그만 얼굴을 묻고 흐느끼고 있었다. 시청 계단을 그가 할 수 있는 한 최대한의 속력을 내어 뛰어 올랐으나, 유달리 다혈질적인 젊은 광부들이 사태의 추이를 참지 못하고 늙은광부를 제치고 앞질러 회의실로 들어가 버리고 말았기 때문이었다.

*

어쨌거나, 도살된 짐승처럼 피투성이로 널브러진 아내 옆에서 곡괭이를 높이 치켜든 채 울부짖고 있는 검은콧구멍을 본 젊은 광부들은 그들이 그토록 기다렸던 유혈 혁명이 시작된 것을 알고는 각자 무기가 될 만한 집기를 집어 들었다. 그들이 볼 땐 검은콧구멍과 그의 아내는 혈혈단신으로 시청 안 모리배들과 영웅적으로 싸웠던 것이었다. 순간 숭고하고도 깊은 존경심이 젊은 광부들의 마음을 뒤흔들어 놓았다. 그러곤 아슬아슬한 긴 정적이 흘렀다. 약사스컹크도, 시장도, 검은콧구멍도, 한구석에서 이 모든 사태에 반쯤 미쳐버린 생각있는비서도, 이젠 완전히 곯아떨어진 각 구역의 어리석은 통장들만 빼고 도대체 무엇 때문에 **말 한마디 제대로 나누어 보지 못하고** 사태가 이렇게 험악하게 변해 버렸나를 생각해 보았다. 그들은 모두 다 이쯤에서 서로들 한 발짝씩 물러서 주길 바랐다. 그럴 수도 있을 것 같은 정적이 또다시 흘렀다. 그런데 약사스컹크의 방귀가 그 중요한 순간에 항문의 괄약근을 힘차게 밀곤 밖으로 뿜어져 나온 것이었다. 그러나 사전에 약사스컹크에 대한 정보를 입수한 광부들은 조금도 당황하지 않고 막장에 들어갈 때 착용하는 마스크를 동시에 일사불란하게 착용하였다. 그 틈에 죽어나는 것은 시장과 도살장의신부와 각 구역의 어리석은 통장들과 생각있는비서뿐이었다. 시장은 매운 최루가스의 방귀에 코를 쥐어 잡고 분노에 떨며 약사스컹크의 얼굴을 수십 대 쥐어 갈겼다. 약사스컹크는 바닥에 쓰러지고 나서도 계속하여 방귀를 뀌어 대었다. 그동안 참았던 방귀에 약사스컹크도 어떻게 자신을 통제할 수 없었던 것이다. 시장은 그의 구두코로 사정없이 약사스컹크의 배를 내질렀다. 광부들은 그런 시장의 행동을 저지하기보다는 더 과격하게 보이도록 시장을 쓰러진 약사스컹크의 허리춤에 앉혔다. 백삼십 킬로그램의 육중한 무게가 약사스컹크의 허리를 분질러 놓는 듯했으나 약사스컹크는 그 아픔을 느끼기도 전에 의식을 잃고 말았다. 검은콧구멍은—아내를 잃은 치유할 수 없는 아픔과 분노로 울부짖으며—아직도 곡괭이를 신부의 머리 위에 높이 치켜들고만 있었다. 도살장의신부는 이제 그만 자신에게 **허락된 고통의 잔**을 마시고 싶었다. 신부는 자신의 의족과 성한 다리를 한곳으로 모아 무릎을 꿇었다. 그는 죽음의 두려움 때문에 이 일을 기적적으로 해냈고 처음 신에게 기도를 드리는 사람의 어색함으로 얼굴을 차가운 대리석 바닥에 깊이 묻었다. 순간 검은콧구멍의 곡괭이가 더는 힘에 부쳐서라도 높이 쳐들고 있을 수 없다는 듯 신부의 머리통에 내리쳐졌다. 이 단 한 번의 내리침으로 해서 도살장의신부는 죽지는 않았지만 그는 마지막으로 피를 본 광부들이 자신들도 어쩌지 못할 광기에 휩싸여 어리석은 통장들을 회의실 창문 밖으로 집어던지는 것을 보고 말았다. 어리석은 통장들은 창문 밖으로 떨어지면서도 함부로 갠 모포처럼 최대한 몸의 사지를 웅크린 채 허공을 가르며 광장에 모여 있는 광부들과 시민들 속으로 떨어졌다. 시민들은 이 모든 사태를 혁명으로 규정하고 혁명의 편에 서기를 바라는 마음으로 자신들의 행동을 과격하게 몰아갔다. 그들은 상점과 거리의 차들을 불태우고 전복시켰다. 그러나 그러한 광기 속에서도 자신들의 상점과 차들은 분명하게 구별하고 안전한 곳으로 대피시켰다. 그들에게 혁명은 그런 것이었다. 그리고 광부들의 오랜 욕설을 마구 지껄여댔다.

"이렇게 깊이 숨어 있으려면 검지나 말지."

도살장의신부는 자신의 쪼개진 정수리에서 숫구쳐 오르며 이마를 적시고 자신의 눈 속으로 흘러 들어가 검은 동공을 안개 속으로 가두는 피의 온기를 섬뜩하게 느꼈다. 신부는 이젠 모든 것이 아득했다. 으깨어진 정수리의 고통도, 고통을 주었던 곡괭이도, 곡괭이를 들고 있는 검은콧구멍도, 검은콧구멍의 아내도, 시청 앞 광장도, 그곳으로 오기까지의 골목도, 도살장에서의 마지막 기도도, 그날 자신에게 찾아왔던 **피 흘리는 석탄**도. 이제 검은콧구멍은 시장의 볼록 튀어나온 배도 사정없이 곡괭이로 찢어발겨 버렸다. 그러나 신기하게 시장의 찢어진 배에서는 피가 흘러나오지 않았다. 시장도 잠시 자신의 찢어진 배를 넋 나간 듯 쳐다보다가 꿈속에서 버린 피 흘리는 석탄을 다시 찾을 수 있다면 사태가 이렇게 나빠지진 않을 것이라는 걸 생각해 보았지만, 그는 그 어떤 꿈도 다시는 꿀 수 없게 되었다. 시장은 마지막으로 **자신의 갈라 찢어진 뱃속으로** 광부들이 곡괭이를 들고 사라져버리는 환영을 보았다. 검은콧구멍도 곡괭이 대신 생각있는비서를 어깨에 둘러메고 사라져

버렸다. 시장은 차라리 광부들과 공평한 계약을 했더라면 애초에 이런 일도 없었을 텐데 하는 생각이 자신의 가물거리는 의식 속에 떠오르자 자신은 정말 예민하고 직감이 빠른 위대한 지도자라는 터무니없는 자만심에 들떠 죽은 뒤에도 죽음이 찾아온 것도 잠시 잊었다.

늙은광부는 이 모든 사태가 진정된 뒤에야 회의실로 들어올 수 있었다. 그는 널브러져 있는 시체들을 발로 한 번씩 걷어차면서—검은콧구멍의 아내는 더 세게 걷어차였다—혹시 살아있을지 모르는 시체를 찾아보았다. 그것은 그가 해야 할 일이 조금이라도 남아 있기를 바라는 간절함의 표현이었는데 그런 자신이 너무도 초라하게 생각되어 늙은광부는 창문 쪽으로 걸어갔다. 그러곤 생각있는비서의 붉은 하이힐을 바닥에서 집어들고는 자신에게 등 돌린 텅 빈 광장을 바라보며 늙은 한 마리 타조처럼 울부짖었다.

그때, 놀랍게도 마을의 **종려나무 가지 위에 걸려 있던 태양**이 천천히 움직이기 시작했다.

*

이른 아침 검은 석탄을 실은 트럭들이 줄지어 그 마을의 석탄공장으로 들어가고 있었다. 트럭들이 지나가는 길엔 한쪽 눈을 소의 뿔에 찔린 도살공이 사는 도살장이 있었고 앉은뱅이 약사가 자신에게 처방전을 쓰고 자신에게 약을 먹이는 약방이 있었고 항상 청렴결백을 외쳐대던 그러나 비만으로 끝내 각료회의실에서 쓰러져 죽은 시장의 집이 있었다. 석탄 트럭들은 그들이 사는 곳에 검은 탄가루를 날리며 태양보다 더 높이 솟아 있는 **공장의 굴뚝**을 향해 달려가고 있었다. ●

인간은 그저 비곗덩어리일 뿐

시체 공시장

녀석의 이름은 **붉은 머리 첸**이다.

*

―안녕 첸.

내가 이렇게 말하면 녀석은 황급히 읽던 책을 접으며 수줍게, '안녕 **닉**'이라고 말한다. 녀석은 어느 곳이든지 아니 어느 곳에서라도 책을 읽고 있다. 걸어가면서도 밥 먹으면서도 의자에 앉아서도 물론. 그런데 수업 중에는 책을 덮고 창만 바라본다. 어두운 창밖으로 인해 창엔 아무것도 보이지 않는다. 창엔 첸을 바라보는 첸의 얼굴만 또렷하게 보일 뿐이다.

―이봐 첸, 너 혹시 나르시시즘 아니야?

내가 물어보면 첸은 한 손에 든 책을 다른 손으로 옮겨

잡으며 나를 지그시 바라본다.

—아름답지 않아?

—뭐가?

—창문에 비친 검은 내 얼굴 말이야.

첸은 그런 놈이다. 자기애가 강한 붉은 머리 첸. 자기 자신을 진심으로 사랑하는 사람이 과연 얼마나 될까?

*

첸에게는 나만이 알고 있는 특징이 있다. 그러니까 첸 자신도 모르고 있는 첸의 사소한 버릇이 있다고나 할까. 우선 첸은 공책에 노트필기를 할 때 오른손 새끼손가락을 곧게 공책의 바닥에 펴고 글씨를 쓴다. 이것은 노트필기를 아주 성스러운 행위로 만든다. 또 첸은 이야기를 시작하기 전이나 이야기를 끝내기 전 잠시 호흡을 가다듬고 눈을 상대방의 머리 약간 앞으로 비껴 뜬다. 이러한 동작을 취함으로써 첸이 무척 이야기에 신중을 기하고 있다는 것을 알 수 있는데 이건 오로지 내 생각일 뿐이다. 또 뭐가 있더라, 있다. 내 이름 닉을 발음하기 전 혓바닥을 입안에서 찰지게 한번 다신다는 것이다. 내가 첸의 사소한 버릇까지 기억하듯 첸도 나, 닉을 생각할까? 그런 건 중요치 않다. 내가 생각할 때 첸은 그런 놈이 아니다.

―닉, 우린 도대체 어디로 가고 있는 거지?

―가다니 어디로 간단 말이야, 여기 이렇게 앉아 있잖아.

첸과 나는 휴일 공원 벤치에 앉아 있었다. 가끔씩 먼 곳에서 사이렌 소리가 들렸다.

―나는 이 세계가 어디론가 가고 있다고 생각해. 마치 바람이 구름을 몰 듯.

말하는 녀석의 눈동자 속에서 구름들이 흘러가고 있었다. 구름만이 아니었다. 순간 정말 이 세계가 아주 느리지만 정확하게 어떤 목적지를 향해 흘러가고 있었다.

―이 세계는 너에게로 가고 있을 거야.

나는 나도 이해하지 못할 말이 내 입에서 튀어나오는 것을 무심한 듯 듣고만 있었다. 그러나 첸은 듣지 못한 것 같았다. 첸은 자신의 발아래로 굴러온 공을 오른발로 지그시 눌러 잡고 있었다. 공의 주인인 아이가 첸에게 손짓을 보냈다. 그러나 첸은 공만을 바라보고 있었다.

―닉, 이 세계가 나에게로 오고 있는 중이라고?

첸의 숙인 머리 위로 봄날의 햇살이 쏟아지고 있었다. 첸의 붉은 머리칼은 마치 불타고 있는 짚더미 같았다.

―듣고 있었던 거야, 첸?

나는 첸이 내 말을 들었다는 게 조금은 창피했다. 무엇인가 변화를 줘야 한다는 생각에 나는 첸이 지그시 눌러 밟고 있는 공을 집어 들려고 하였다. 그러나 첸의 발은 꿈쩍도 하지 않았다.

―넌 그걸 어떻게 장담할 수 있지?

첸은 이제 내 얼굴을 쳐다보고 있었다. 첸의 흔들리는 눈동자 속으로 아이들이 뛰어오는 것이 보였다.

―우선 공부터 어떻게 하자.

나는 아이들이 우리가 앉아 있는 벤치에 다다른 것을 알 수 있었다. 그들의 불량한 욕설이 들렸다. 첸은 그답지 않게 공을 아이들이 뛰어온 방향으로 내질러 버렸다. 아이들이 함성을 지르며 공을 쫓아갔다.

첸의 어머니는 수녀다. 그리고 첸의 아버지는 신부다. 이젠 둘 다 신부도 수녀도 아니지만 첸은 자신의 어머니와 아버지를 이야기할 때 그 수녀와 그 신부라고 말한다. '그들이 나를 찾아왔어. 그 동정녀가 나에게 뭐라고 말한 줄 알아? 자신을 미워하지 말래. 나는 미워하지 않아. 단지 그들도 **이 세계에 실려 어디론가 가고 있는 불쌍한 인간일 뿐**이잖아. 그러나 내가 참을 수 없는 건 자신을 엄마라고 불러보래잖아. 그래서 그 수녀에게 침을 뱉어줬어. 그러니까 그 신부가 나에게 다가와선 내 **뺨**을 때리는 거야. 신을 버린 자들은 자신의 인격도 함부로 버릴 수 있어. 아니 자신들의 죄악으로 만들어낸 자식도 그렇게 버릴 수 있다고.'
나는 첸이 무엇을 말하고 싶은지 안다. 첸의 분노도 안다. 그러나 첸에겐 나에게 없는 부모가 있다. 설령 그 부모가 자신을 버렸다고 해도.

거리는 점점 어두워지고 있었다. 성당의 종소리가 일제히 검은 만장처럼 골목 곳곳에서 쏟아져 나왔다. 사람들은 일순 자신의 숭고함 속에 침잠해 들어갔다. 그러곤 이내 활기를 되찾았다. 이 도시엔 성당이 많다. 이상할 정도로 성당은 곳곳에 들어앉아 있다. **성당 첨탑**의 어두운 그림자가 마을을 무겁게 짓누르고 있는 형국이다.

첸이 말했다.

―나하고 가보지 않겠어?

―어딜?

―가자.

첸은 단호하게 그러나 부드럽게 내 손을 잡았다.

―이 도시가 숨기고 있는 곳, 내가 태어난 곳에.

오늘 첸은 더이상 내가 알고 있던 첸이 아니었다. 무엇이 첸을 하루 동안에 변화시켰는지는 모르겠지만 첸의 몸에선 짙은 **포르말린 냄새**가 배어 나왔다.

거리는 어느샌가 사람들의 인파로 소란스러워지고 있었다. 카페의 불빛은 어둠을 더욱 단단하게 응고시키려는 듯 제 몸속으로 빛을 끌어안고 있었다. 조금도 새어나가지 않는 불빛. 그것은 사실 어둠이 그 불빛을 담고 있었기 때문이었다.

*

그곳은 긴 벽돌담을 끼고 한참을 걸어가야 하는 곳에 있었다. 담장 너머 포플러나무들이 보도 쪽으로 무성한 잎들을 내놓고 있었다. 이젠 불빛도 없었고 달빛만이 포플러 잎사귀 틈 속에서 이따금 반짝거렸다. 바람이 불 땐 무엇인가 넘어지는 소리가 담장 안에서 들려왔다. 첸의 발걸음이 빨라졌다. 나의 그림자는 지워지고 없었다. 사라진 그림자가 내 뒤를 황급히 쫓아오는 것 같아 목덜미가 쭈뼛했다. 그러나 뒤돌아보면 검은 비닐봉지만이 허공에 잠시 솟아올랐다가 보도에 가뿐히 내려앉기를 반복했다.

골목으로 접어들자 순간 불빛이 하나 날카롭게 첸과 나 사이를 베고 어둠 속으로 뻗어나갔다. 첸이 걸음을 주춤했다.

―너는 지금 돌아가도 좋아.

첸이 불빛에 눈을 베인 듯 눈살을 찌푸리며 말했다.

나는 말없이 불빛 쪽으로 걸어갔다. 첸이 뒤쫓아오며 내 어깨를 감싸 안았다. 첸의 더운 입김이 내 귓불에 스쳤다. 그래도 녀석에겐 그 신부와 그 수녀가 있지 않은가.

*

나, 닉은 태어날 때부터 오른팔이 없다. 그리고 누군가에 의해 버려졌다. 부모로부터 버려진 아이들은 사회로부터도 버려진다. 내가 나를 인식하기 시작하던 그 첫날에 나, 닉은 나와 같은 불구의 아이들이 가을 국화도 누렇게 진 화단 가 담장에 모여앉아 목각인형들처럼 가을볕을 쬐는 것을 보았다. 그리고 처음으로 육체의 아픔이 아니라 영혼의 아픔으로도 울 수 있다는 것을 알게 되었다. 내가 울기 시작하자 다른 아이들도 하나둘씩 따라 울었다. 가을 하늘은 청명하고 아름다웠다.

*

 불빛 쪽에서 어떤 소리들이 들려왔다. 그 소리를 싣고 온 바람 속에는 첸의 몸에서 나던 짙은 포르말린 냄새가 났다. 이젠 첸이 걸음을 성큼성큼 앞으로 내디뎠다.

 할로겐 불빛을 달고 그 건물은 그곳에 있었다. 현관문의 유리창은 깨어진 지 오래되었고 위층으로 오르는 계단에 나무의자와 걸상들이 함부로 부려져 있었다. 걸상 위에서 짙고 윤기 나는 검은 털을 가진 고양이가 피 묻은 쥐의 대가리를 핥고 있었다. 쥐의 대가리는 고양이의 그것처럼 검고 짙었다. 어느 사이엔가 첸이 부러진 각목을 들어 고양이에게 내던졌다. 그러나 각목은 의자에 부딪혔고 고양이는 조금의 미동도 없이 첸과 나를 노려보았다. 은근한 분노가 어둠 속에서 빛났다.

―잘 봐둬. 고양이 새끼도 이곳에선 생존의 방식을 알고 있어. 자신보다 강한 자에겐 더 강하게.

 첸은 자신의 말이 싱거웠던지 피식 웃었다.

 나는 첸의 그런 모습에 왠지 서글퍼졌다. 내가 안녕 첸, 하며 다가서면 읽던 책을 수줍게 접고 안녕 닉, 하던 첸이 나는 몹시 그리워졌다.

 첸은 지하 계단으로 내려갔다. 뒤따라오지 않는 나를 잠시 쳐다보며 첸이 말했다.

—너에겐 너도 모르는 한 가지 버릇이 있어. 너는 항상 상대편의 오른쪽에 서서 걸으려고 하지.

첸은 자신의 오른쪽을 가리켰다. 나는 없는 내 오른쪽 팔을 내려다보았다.

*

어두운 계단을 내려서자 그곳은 현실 밖과는 완전히 다른 모습이었다. 흰 가운의 사람들이 분주히 오가며 서류철을 넘기고 있었다.

—첸, 이곳이 어디지?

그러나 첸의 목소리 대신 들려오는 대답은 의외의 남자 목소리였다.

—첸 오늘은 조금 늦었군.

거대한 체구의 남자는 피 묻은 흰 가운을 벗어 벽걸이에 걸고 우리를 노려봤다. 그의 투명한 고무장갑에서는 아직도 피가 툭툭 떨어지고 있었다.

—친구를 데리고 왔어요.

첸은 나의 등을 살며시 밀며 그 남자에게 나를 소개했다. 순간 문을 여닫는 신경질적인 기계음 소리가 먼 곳에서 들리고 환한 냉기가 코끝을 때리고 갔다.

*

 첸은 그 남자가 벗어 놓은 가운을 입고 흰 비닐봉지에서 고무장갑을 꺼내 끼었다. 익숙한 듯 그의 손가락은 의외로 쉽게 고무장갑 속으로 미끄러져 들어갔다. 누런 형광불빛 아래 첸의 모습은 흡사 수술집도의 같았다. 그가 무엇을 하든 그의 모습은 진지하고 경건했다. 나는 순간 첸의 운명을 사정없이 긋고 지나가는 예민한 메스의 핏빛 얼굴을 보았다.
 그리고 첸과 나는 그 남자를 떠나서 한참이나 복도를 걸어갔다. 끝이 보이지 않는 긴 복도였다. 도대체 이 낡고 음울한 건물에 이런 긴 복도가 있다는 것이 믿어지지 않았다. 복도를 걷는 내내 첸은 아무런 말이 없었다. 간혹 복도 천장에 매달린 형광등이 파랗게 떨고 있을 뿐이었다. 그때마다 첸과 나의 그림자도 따라 떨었다. 무엇인가 꽉 차고 눅눅하게 눌러오는 복도의 기운이 발걸음을 무겁게 했다. 복도가 끝나 왼쪽으로 비껴 돌자 육중한 철문이 놓여 있었다. 철문을 밀고 들어서자 그곳엔 또 다른 지하로 향하는 계단이 있었고, 그곳엔 머리카락이 하얗게 센 노인이 의자에 앉아서 고개를 떨군 채 졸고 있었다.

첸이 졸고 있는 노인을 향해 말했다.

―심슨 씨, 작업 차트 부탁합니다.

조그만 소리도 그곳에서는 크게 울렸다. 그러나 노인은 고개를 떨군 채 졸고 있을 뿐이었다. 첸은 그런 일에는 이골이 난 듯 나를 보고 어깨를 한번 으쓱해 보였다. 그러곤 탁자 위에 어지럽게 쌓여 있는 차트 중에서 하나를 빼들었다. 그 차트엔 선명하게 날짜와 시간이 기록되어 있었고, 알 수 없는 기호들로 꽉 차 있었다. 첸은 그 차트를 한 번 쓱 훑고는 탁자 위에 내던졌다. 또 소리가 크게 울렸다. 그러나 노인은 미동도 하지 않았다. 그의 하얗게 센 머리카락 속에서 그 노인이 밟아온 생의 길 같은 가르마가 한곳에서 두 갈래로 나뉘어져 있었다. 노인은 어떤 길을 선택해 걸어갔을까. 내가 이곳의 분위기와는 전혀 어울리지 않는 생각을 하고 있는 동안, 첸은 말없이 지하 계단으로 내려서고 있었다.

*

도대체 이곳은 어디란 말인가.
―첸, 도대체 여기가 어디지?

나는 이젠 첸의 왼편에서 계단을 내려가고 있었다.

―곧 있으면 내가 말하지 않아도 알 수 있을 거야.

첸은 지하 계단 끝을 가로막고 있는 철문을 밀어젖혔다. 역한 포르말린 냄새가 또 풍겨왔다. 숨을 쉴 때마다 뱃속에서 느물거리는 그 어떤 것이 목젖으로 밀려왔다. 침을 삼켰다. 누런 가래처럼 침은 목젖에 걸렸다. 숨을 제대로 쉴 수가 없었다. 주먹을 그러쥐고 손톱으로 손바닥을 힘껏 눌러보았다. 그리고 그곳엔 길게 늘어선 **냉동 보관함**이 우리를 기다리고 있었다.

*

첸은 길게 늘어선 냉동 보관함 앞으로 다가가 잠시 걸음을 멈추고, 이내 차트에 기록된 숫자를 기억해낸 듯 4번 보관함을 힘껏 당겼다.

그곳엔 하얗게 면도한 돼지 같은, 탱탱 불어튼 알몸의 시체가 누워 있었다. 마치 시체가 그 좁은 냉동 보관함 속에서 홀로 외로움을 잊기 위해 오랜 동안 담배를 피운 듯 흰 냉기가 뭉클 피어올랐다. 그와 동시에 나는 눈알이 함부로 파내어지고 없는 사내의 얼굴을 똑바로 볼 수 있었다. 납빛의 가면을 눌러쓴 듯한 사내는 심슨이라는 노인처럼 머리칼이 하얗게 세어 있었다. 사내가 걸어온 길의 끝이 우습게 시체 냉동 보관함이었다는 생각이 들자, 어이없는 웃음이 새어 나왔다.

─오늘은 이 물건의 허파를 도려내야 해. 시간은 그리 길지 않을 거야.

첸은 냉동 보관함 속에서 시체 꺼내는 것을 내게 도와줄 것을 은근한 눈빛으로 채근했다. 그때 철문을 열고 중년의 사내가 들어왔다. 사내는 나 따윈 안중에도 없다는 듯 첸에게 큰소리로 호통을 쳤다.

─지금이 몇 시야, 한 시간 전부터 손님들이 기다리고 있는데.

─죄송합니다, 이 친구와 함께 오느라고 조금 늦었습니다.

그 사내는 그제야 나를 알아보곤 첸에게 한마디 했다.

─이 팔 없는 친구가 자네를 도와줄 보조 파트너인가?

─그게 아직은······.

─손가락이 여섯 개인 자네와 오른팔이 아예 없는 친구라, 잘 어울리는군.

사내는 나에게 장난스럽게 오른손을 내밀었다. 내가 어쩌지 못하고 허둥대자 그 사내는 자신의 행동이 조금은 잔인했다고 생각했던지 얼른 내밀었던 손을 거두었다. 어색

한 세 사람의 모습이 흐린 대리석 바닥에 어두운 실루엣으로 비쳤다.

*

그 중년 사내의 이름은 닥터 브라운이었다. 그는 전직 의사였고 지독한 술주정꾼이라고 한다. 자신의 삶을 어느 날 영혼의 황무지 위에 방목해버린 닥터 브라운. 종일 바람이 불고 마른 모래가 버석거리는 그곳 황무지에서 닥터 브라운은 어떤 목소리를 들었을까. 그 목소리가 들리는 듯 닥터 브라운은 시체의 흉부를 절개하는 동안 메스를 잡은 손을 심하게 떨었다.

―이 돼지 같은 녀석의 가슴속을 들여다보게, 무엇이 있나? 고작해야 몇 근의 비곗덩어리와 터진 모래주머니 같은 폐가 두 개 썩어 문드러져 있군. 가슴 안에 사랑, 용기, 분노, 용서 따위가 들어있는지 알았는데, 이것이 우리가 가슴이라고 부르는 영혼의 실체네. **인간은 그저 비곗덩어리일 뿐**이야.

닥터 브라운은 첸의 어깨를 툭 치며 그렇지 않은가 하고 말했다.

첸은 나를 바라보았다. 그의 눈빛 속에서 공원의 낮 한

때가 조용히 흔들거렸다. 순간 나는 욕지기를 참을 수 없어 철문 쪽으로 뛰어갔다. 문을 밀자 문은 움직이지 않았다. 나는 문 앞에 무릎을 꿇고 숨을 가다듬었다. 뒤에서 닥터 브라운의 목소리가 들려왔다.

―저 친구는 꽤나 놀랐는가 보군. 자네도 처음에 그러지 않았나, 빌어먹을 개나 물어갈 인간의 영혼이라니…….

첸은 어느 사이엔가 나의 뒤에 와 있었다. 그가 조용히 나에게 속삭였다.

―지금 여기에서 나가고 싶다면 닉, **일을 끝마치는 방법밖에 없어**.

―왜 나를 여기에 데려왔지? 첸, 무엇을 보여주고 싶었던 거야? 그리고 도대체 여기는 어디야?

나는 첸을 바라보며 소리쳤다. 소리들이 사방으로 튀어올랐다. 닥터 브라운은 가운에서 휴대용 술병을 꺼내 병마개를 막 비틀고 있었다. 마치 나의 목이 그의 손에 의해 비틀리는 것 같았다.

―녀석의 폐는 물건으로는 적당치 못해, 겨울바람을 너무 심하게 쐰 것 같군. 숭숭 구멍 뚫린 바람든 무 같지 않은가?

닥터 브라운은 반달 톱니처럼 생긴 흉부 절개기를 탁자 위에 내던져 버렸다. 차가운 금속성의 소리가 내 귓속으로 와 박혔다.

―어디서 주워왔는지 모르겠지만 이건 물건이 되지 못해. 염산으로 소각해 버리라고 해야겠어.

닥터 브라운은 더 집요하게 내 속의 욕지기를 불러일으켰다.

첸은 철문을 당기며 밖으로 걸어 나갔다. 문은 안에선 당기고 밖에선 밀면 되는 문이었다.

―이곳이 어딘지 말해줄까?

닥터 브라운은 거대한 냉동 창고처럼 생긴 부스의 손잡이를 돌렸다.

그곳엔 사지가 함부로 절단된 시체들이 쌓여 있었다. 도살장에서 막 정육점으로 넘어와 냉동 창고 속에서 팔리기만을 기다리는 고깃덩어리들. 배가 갈리고 내장이 텅 빈 시체, 머리를 잃어버린 시체들. 그 속엔 나와 같은 팔이 없는 시체들도 있었다.

―다들 주인이 없는 시체들이네. 그들의 죽음을 슬퍼할 아무런 인간적 인연도 만들어 놓지 못한 시체들이란 말이네. 부랑아들, 어린 깡패 새끼, 퇴물 창녀, 지독한 마약쟁이, 부모가 버린 고아들, 인간의 죄악이 만든 흉측한 기형아들, 세상이 애써 묻어버리고 싶어 하는 인간들이란 말이네. 가족이 있다고 해도 그 가족들은 가족의 울타리 밖으

로 뛰쳐나온 그들을 이렇게 철저히 버림으로써 단호하게 응징하는 거지. 하긴 간혹 뺑소니 차량에 치여 죽은 인간들도 들어오지. 그 가족들이 알기 전에 우리가 먼저 수거해 버리면 그것으로 끝이야. 수거해서 흉부를 가르고 장기를 절취하면 그것이 돈이 된다고. 의학의 발전은 버려진 시체도 상품화시켜줬지.

닥터 브라운은 또 심하게 손을 떨었다. 나를 의식했는지 그는 두 손을 주머니 속에 찔러 넣었다.

순간, 냉동 창고 속에 함부로 쌓여 있던 시체들이 밖으로 쏟아졌다. 바닥에 널브러진 시체들 속엔 한 몸뚱이에 머리가 두 개 붙은 어린아이의 시체도 있었다. 한 아이의 눈은 검게 파내어지고 없었다. 만약 그들이 그렇게라도 살아 있다면, 다른 쪽 한 아이가 본 것을 이야기하면 다른 한 아이는 고개를 끄덕일 것 같았다. 설령 그것이 거짓말이라고 해도.

*

나, 닉은 장애인들만 특수 수용하는 고아원에서 자랐다. 그곳엔 선천성 기형이라는 이유만으로 버려진 아이들이 많았다. 팔이 뒤틀리고 얼굴의 근육이 제멋대로 돌아간 아이들, 태어날 때부터 눈이 먼 아이, 귀가 들리지 않는 아이, 앉은뱅이, 자폐증 아이 그리고 나, 닉은 한쪽 팔이 없는 선천성 기형이었다. 그곳에서 눈이 먼 아이는 눈은 성하나 걷지 못하는 아이의 놀림감이 되곤 했다. 걷지 못하는 아이가 눈이 먼 아이에게 말한다.

―오리가 어떻게 생겼는지 가르쳐 줄까?

―가르쳐 줘.

―오리는 덩치가 무척 커. 노란 비늘에 싸여 있고 머리엔 두 개의 뿔이 나 있어. 그리고 이빨이 날카로운데 한번 물리면 그 자리에서 죽어. 호랑이보다도 힘이 세다고.

―그렇게 무서운 걸 왜 집에서 키워?

―도둑을 막기 위해서인데, 사실은 쇠줄에 묶여 있어. 어, 조심해, 쇠줄이 풀렸어. 이쪽으로 뛰어오고 있어. 어서 피해.

그럼 대부분의 눈먼 아이들은 그 말을 믿고 그 자리에서 기겁을 하고 운다. 어디로도 도망가지 못하고. 그런데 영리한 아이는 그 말을 한 아이가 걷지 못한다는 것을 알곤 이렇게 말한다.

―그럼 우린 이제 둘 다 죽었다.

―왜?

―넌 걷지 못하니까.

지금 와서 생각해보면 마치 **신과 인간의 대화** 같다. 눈먼 아이는 인간이고 자신의 상상력으로 새로운 오리를 만든 아이는 신이다. 그러나 그들의 운명은 같다. 신은 그가 창조한 상상력의 형상을 부정하면 신이 아니기 때문에 도망가지 못하고, 인간은 보지 못하므로 막연한 두려움 속에서 울부짖는다. 그러나 인간들은 그렇게 다 어리석지만은 않다. 인간들이 어리석지 않기 때문에 신은 고뇌한다. 그리하여 신은 진노하며 나는 절대이며 완벽이라고 소리 지른다.

*

나는 지금 이 순간에 왜 이런 한가한 생각을 하고 있는 것인가. 어떤 연고자도 없는 나도 죽으면 이곳에 버려질까. 부모가 저지른 죄악의 그늘 속에서 자신의 존재를 혐오하는 첸도, 저 술주정뱅이 닥터 브라운도. 첸이 나에게 보여주려던 것이 이것인가. 나는 고개를 세차게 가로저었다.

*

첸이 철문을 밀고 돌아왔다, 그의 손에 차트가 들려 있었다.

—닥터 브라운 씨, 12호 냉동 보관함에 오늘 낮에 들어온 물건이 있다고 합니다, 분신자살인데 병원에서 연고자가 나타나지 않아 이쪽에 판 모양입니다.

첸은 빠르게 말하며 닥터 브라운을 비껴 냉동 보관함으로 걸어갔다.

—나이와 성별은 어떻게 되나?

—얼굴이 심하게 훼손되어서 나이의 정확한 식별은 불가능한데 마흔 중반 정도 되고, 여자입니다.

—자 친구, 이젠 더 끔찍한 광경을 볼 텐데 그렇게 주저앉아 있을 텐가?

닥터 브라운은 나를 향해 비아냥거렸다. 냉동 보관함이 열리는 묵직한 소리가 들렸다.

나는 조용히 눈을 감았다.

*

첸은 오그라붙은 시체의 피부를 절개해 들어가기 시작했다. 나는 그곳을 나가지도 그렇다고 그들에게 다가가지도 못하고 철문에 기대어 있었다. 나는 왜 이곳에서 도망가지 않는가. 첸이 있기 때문인가. 아님 또다른 내 속의 내가 이 모든 것을 즐기는 것인가.

첸과 닥터 브라운은 여자의 검게 탄 젖가슴을 도려냈다. 탄 재 같은 젖가슴이 함부로 바닥에 버려졌다.

―이 여자 젊었을 땐 대단했겠는걸, 남자 꽤나 울렸겠어. 그놈의 남자가 문제가 돼서 이 꼴이 난 건지도 모르지. 아무리 자신의 더러운 몸을 태워버려도 절대 태울 수 없는 것이 있지. 욕정이라는 거야. 빌어먹을 배꼽 속에 꽃처럼 오므라들어 있는 탯줄 같다고나 할까.

닥터 브라운은 음탕한 웃음을 흘리며 흉부 절개기를 살이 완전히 도려내진 여자의 흉부에 가져갔다. 순간 첸이 닥터 브라운의 손을 잡았다. 브라운의 손이 또 심하게 떨었다. 브라운은 무엇인가 가볍게 체념한 듯 자신의 손에 들려 있는 흉부 절개기를 첸의 손에 넘겼다.

―그래, 첸 자네도 한 번쯤은 시체의 가슴을 자신의 손으로 열어봐야 하지 않겠어. 그 첫 느낌을 무어라고 표현해야 할까.

닥터 브라운은 주머니 속에서 담배를 한 대 꺼내 물었다. 그러곤 이내 집어던지고는 해부대 위의 술병을 집어 들었다. 한 모금 짧게 들이켰다. 싸한 알코올의 냄새가 내 코끝까지 밀려왔다.

―본과 실습 시간에 처음으로 사람의 흉부를 쪼개어 봤

지. 마치 신이 된 기분이었어. 그곳은 돌의 속처럼 완전한 어둠을 담고 있었지. 그러나 내가 가슴을 쫙 여는 순간 빛이 빠르게 그곳에 스며들고 그 시체의 가슴에서 허공으로 희미하게 무엇인가 날아가는 것이 보였어. 그건 아마 가슴이 평생 담고 있던 어둠 아니었겠어. 그러니까 최초의 빛과 최초의 어둠의 랑데부쯤 되겠지. 그때 눈이 멀어 버리는 놈들도 있는데 내 동기 중에 한 명은 아직도 그 충격에 눈을 뜨지 못하고 있어. 첸 자네도 조심하게.

닥터 브라운은 비아냥거리며 또 짧게 술을 한 모금 홀짝거렸다. 첸의 손에 들려진 절개기가 순간 흉부 흰 뼈 앞에서 멈추었다. 닥터 브라운은 그 보라는 듯 씁쓸하게 웃곤 나를 쳐다보았다. 나는 나도 모르게 첸에게 걸어갔다. 그러나 첸은 미동도 하지 않았다. 고개 숙인 첸의 얼굴이 불빛을 등지고 어둠 속에 싸여 있었다. 나는 첸의 손에 나의 손을 가져갔다.

—첸, **이곳을 나가는 길**은 일을 끝마치는 수밖에 없잖아.

나는 알 수 없는 힘에 휩싸여 첸의 손에 힘을 실어주었다. 검은 고양이가 뻘겋게 피 묻은 쥐의 대가리를 핥듯 닥터 브라운은 느긋하게 첸과 나의 행동을 지켜보고 있었다. 그런 그의 모습이 점점 더 커다랗게 보일수록 첸과 나는 점점 더 작아지는 것만 같았다. 신 앞에서의 인간의 왜소함이 이런 느낌일까. 신을 거대하고 절대적으로 만든 것은 신 자신이 아니라 신의 시험 앞에 이렇듯 나약하게 번민하는 인간들이 아니었을까.

─첸, 이곳의 방식을 따라.

나는 첸의 손에 내 체중을 조심히 실었다. 그 순간 첸이 나의 손을 뿌리쳤다. 그러곤 첸이 여자의 흉부를 단호하게 쪼개어 버렸다. 뼈가 바스러지는 소리와 동시에 멀리서 철문이 여닫히는 소리가 들렸다. 그것으로 나는 의식을 잃었다.

*

내가 의식을 차린 것은 지독한 냉기 때문이었다. 나는 냉동 보관함의 맞은편 의자에 앉아 있었다. 닥터 브라운은 보이지 않았다. 첸이 혼자 바닥에 버려진 여자의 절개된 몸뚱이를 검은 비닐봉지에 담고 있었다. 첸은 자신이 저지른 죄를 되짚어보는 듯 그의 행동은 무겁게 자신 속에 침잠해 있었다.

*

 첸과 나는 그곳을 나왔다. 그곳엔 이젠 함부로 절개된 시체들만 남았다. 인간들로부터 버려진 그들의 죽음을 또 한 번 잔혹하게 인간들은 도륙내고 있었다. 누가 그들에게 그런 권리를 줬는가. 아무도 그들에게 그런 권리를 주지 않았다. 그들은 어둠 속에서 스스로 그것을 취했을 뿐이었다.

 육중한 철문이 닫히자 내 어두운 영혼의 뒤편으로 빠르게 빠져나가는 불빛을 순간 본 듯했다.

 그곳의 불이 꺼졌다.

*

철문지기 영감 심슨은 자리에 없었다. 탁자 위에 어지럽게 늘어져 있는 차트처럼 그 노인의 운명도 그곳에서 끝날 것이다. 나는 첸의 옆에 바싹 다가붙었다. 그러나 첸과 나는 긴 복도를 걸어 나오는 동안 아무런 말도 하지 않았다.

*

그 건물을 나오자 봄밤은 의외로 따스했다. 첸이 걸음을 멈추고 뒤돌아 가리키는 그 건물 뒤편으로 굴뚝이 솟아 있었다. 굴뚝 위로 흰 연기가 몇 가닥 바람에 날렸.

—저 연기를 잘 봐둬, 저 연기는 우리가 들이마시고 있는 공기 속에 이내 스며들지. 우린 그것을 매일 마시고… 시체를 태우면 시체의 몸이 비명을 지르며 오그라들어. 그러곤 시체의 몸속에서 연기가 피어오르지. 다 타서 재가 될 때까지. 이 봄밤의 공기 속에서 시체의 마지막 절규가 들리는 듯해. 그리고 나의 육손도 잘 봐둬.

첸은 자신의 손을 내 얼굴 앞에서 쫙 펴 보였다.

달빛이 더 하얗게 첸과 나의 머리 위에서 빛났다. 달은 먼지의 사막이라고 한다. 그곳엔 한 그루의 나무도 꽃도 새도 살지 못한다. 완전한 절대의 사막, 그 어떤 살아 있는 것도 거부하는 독존의 사막. 그런데 멀리 떨어진 이곳에선 그 사막의 달이 없으면 꽃도 나무도 새의 아름다움도 어둠 속에 묻혀버린다. 달빛에 비친 첸의 검은 그림자가 첸을 담고 있었다.

*

긴 담장을 돌아 나오자 도시의 불빛이 손에 닿을 듯 어른거렸다. 그러나 온기는 느껴지지 않았다. 첸은 골목 한 구석에 있는 그을린 드럼통 쪽으로 걸어갔다. 쓰레기를 태우는 소각용이었다. 첸은 호주머니에서 지폐 다발을 꺼내 들었다. 그러곤 라이터를 꺼내 불을 켜 들었다. 일순 지폐 다발에 불이 붙고 바람의 흐름에 따라 불꽃이 흔들거렸다. 어두운 첸의 뒷모습도 그와 함께 흔들거렸다. 첸은 조용히 울고 있었다.

―닉, 나는 이따위 더러운 돈을 벌기 위해 그곳에 가는 게 아니야.

첸의 축축이 젖은 눈시울이 불빛에 반짝거렸다.

―첸, 나는 이제 더이상 그 무엇도 두렵지 않아.

나는 첸의 어깨에 내 왼쪽 팔을 둘렀다. 한쪽 팔만으로도 사람을 온전하게 품을 수 있다는 것을 왜 나는 몰랐을까.

—그런데 닉, 왜 나는 더 두려워지는 걸까. 두려움을 잊기 위해 그곳에 가지만 매번 그곳을 나올 땐 더 극심한 두려움이 엄습해오곤 해.

첸은 내 품에서 가늘게 몸을 떨었다. 그리고 첸은 말했다.

—누군지 모르는 버려진 시체의 몸뚱이를 절단하고 그 시체를 아무런 죄의식도 없이 돈을 받고 파는 그곳에서 나는 내 부모의 죄악에서 벗어나는 기분을 느꼈어. 수술 뒤에 두려움에 떨며 흉측하게 꿰매어진 자신의 얼굴을 들여다보는 기분이랄까. 차라리 그 묘한 안도감이 좋았어. 그런데 내 몸에서 어느 날인가부터 포르말린 냄새가 나. 지워도 지워지지 않는 죄의 냄새. 그곳에서는 잊었던 냄새가 그곳을 나오면 필사적으로 나에게 덤벼들어. 닉, 도대체 우린 어디로 가고 있는 것일까?

그을린 드럼통 속에서 불이 붙은 지폐 다발은 그 불을 일으킨 바람에 의해서 재로 사그라들었다.

*

녀석의 이름은 **붉은 머리 첸**이다.

—안녕 첸.

내가 말하면 녀석은 황급히 자전거에서 내려 '안녕 **닉**'이라고 대답한다.

그러나 첸은 이제 내 곁에 없다. 내가 최초로 온전하게 품어주었던 내 친구 첸. 녀석의 아버지는 신부였고, 녀석은 그를 '**그 신부**'라고 불렀다. 녀석의 어머니는 수녀였고 녀석은 끝내 그녀를 '**그 수녀**'라고 불렀다. 나는 첸이 무엇을 말하고 싶어 하는지 안다. 첸의 분노도 안다. 그러나 첸에겐 나에게 없는 부모가 있다. 설령 부모가 자신을 버렸다고 해도.

이젠 첸의 모습은 어두운 창에도 없다. 그가 그토록 사랑하던 그의 어두운 얼굴. 나는 지금 책을 덮고 어두운 창밖을 바라본다. 창문에 내 얼굴이 비친다.

첸이 마지막으로 나에게 찾아와서 했던 이야기를 해야겠다.

—그 수녀가 사라져 버렸어.

—언제?

―그날.

―그 수녀를 찾으러 가는 길이야.

―어디에 있는지 아니?

―그곳에.

―그곳?

―응, 그곳.

첸은 그런 놈이다. 정확히 말하면 첸은 그런 놈이 아니다.

첸이 그날 힘껏 내질렀던 공은 지금 어디쯤 굴러가고 있을까. 아이들은 아직도 그 공을 쫓아 함성을 지르며 뛰어가고 있을까. 그 공이 다다른 곳이 그곳이 아니길.

닥터 브라운에 관한 이야기도 해야겠다. 그는 스스로 그 냉동 창고 속으로 걸어 들어갔다고 한다. 사지가 절단되고 내장이 파내어진 시체들 속에서 그만이 온전한 몸으로 얼어붙어 있었다고 한다. 그들 위에 군림하듯. 그가 마지막에 울지 않았기를.

그는 울어서는 안 된다. 그곳에선 눈물도 쉽게 얼어버리니까. ●

한 시간 뒤에 은하계의 사수자리를 통과하는
기차가 옵니다.

색다른 이야기 읽기 취미를 가진
사람들에게

그러나 세상일이 계획처럼만 이루어진다면, 그들이 왜 자정을 훨씬 넘긴 그 추운 겨울밤에 황야의 무법자마냥 스타킹을 뒤집어쓴 채 **배추 트럭**을 탈취했겠는가.

―니가 말한 위대한 계획이라는 게 고작 이거야?

홍어조가 백미러 속에서 울상을 짓고 있는 **오신화**를 향해 말했다.

―그러길래 화물칸 먼저 확인해 보자고 했잖아. 겁은 많아 가지고 우선 달리고 보자고 징징거린 놈이 누군데 그래?

오신화는 트럭을 덮쳤을 때 홍어조가 운전사에게 했던 말을 떠올렸다.

'내리셔야 합니다. 집에서 당신을 기다리고 있는 처자식을 생각해서라도 조용히 내리셔야 합니다. 부탁입니다. 저희가 처음이라서 어떤 불미스러운 짓을 저지를지 모릅니다. 도와주십시오.' 뭐 이런 어처구니없는 말이었는데,

오신화는 기가 막혀 손에 쥐고 있던 권총을 떨어뜨릴 뻔했던 것이다.

―아예, 그놈한테 무릎 꿇고 배추 한 포기만 달라고 애원하지 그랬냐?

―입 닥쳐! 작업 끝났으면 낯짝에 뒤집어쓴 스타킹이나 벗어. 빌어먹을, 이제 어쩔 거냐?

오신화는 스타킹을 벗으며 변명하듯 지껄여댔다.

―계획대로라면 분명 배추 트럭이어야 했는데, 왜 이놈의 트럭이 배추 대신 동화책을 싣고 있었냔 말야.

―이젠 어쩔 거냐구!

―트럭은 팔아치우고 **동화책**은 거기다 버리자.

―왜 하필이면 고아원이야? 자선사업 하냐? 거기에 동화책을 갖다 버리면 수사망이 좁혀질 게 뻔하잖아. 이 돌대가리야. 그러고도 니 엄마는 너를 낳고 용기충천해서 미역국을 끓여 먹었겠지. 니 엄마가 불쌍하다.

순간 그들은 조용해지고 말았다. 더이상 오신화가 대꾸를 하지 않았기 때문인데, 오신화는 고아원 출신이었던 것이다. 침묵 속에 차 안의 온도가 급속도로 냉각되면서 기어이 눈발이 휘날리기 시작했다. 그리고 오신화의 눈에서 조용히 흐르던 눈물이 고드름이 되어 버렸고 홍어조의 콧물이 인중 쪽으로 흐르다 얼어 버렸다. 홍어조는 어떻게든

이 사태를 해동시키려고 오신화의 눈에 매달린 눈물의 고드름을 하나 따서 으꺽으꺽 씹었던 것이다. 그러거나 말거나 휘날리는 차 안의 눈발 사이로 한 사람의 사내가 걸어가고 있었으니, 그는 다름 아니라 오신화였다. **그는 왜 눈발 속을 하염없이 걸어가고 있었던가**. 이렇게 말하면 사람들은 그럴 수도 있지 뭐 대단한 일인 양 부풀려서 심각하게 이야기하냐고 할 것이다. 그러나 모든 이야기가 그러하듯 약간은 부풀려서 극적으로 미화하고 또는 없던 일도 살짝 계란프라이처럼 도시락 밑바닥에 끼워 넣어야 구수하고 재미있는 법이다, 라고 이야기꾼은 말할 것이다. 그러나 오신화가 눈발 속을 알몸으로 걸어가고 있었다고 하면, 모두 입을 다물어야 할 것이다. 하여간 눈발 속을 걸어가던 오신화는 놀랍게도 자신처럼 눈을 맞으며 어딘가로 걸어가는 알몸인 사람들을 마주치고 있었다. 그들은 서로 인사도 없이, 그렇다고 마음속으로 던지는 따스한 동료애도 없이 그렇게 서로를 무시하고 지나갔다. 그러던 중 오신화는 자신의 옆을 지나가는 알몸인 한 여자를 보았는데 그녀는 길고 굵은 낙타 털을 걸치고 있었다. 낙타 털은 그녀의 거기쯤에서 숲처럼 무성했다. 그곳에서 이따금 삼나무를 베는 텅텅거리는 도끼질 소리가 들렸고, 비명처럼 하얀 겨울새들이 날아올랐는데, 시베리아 벌목공들이 그녀의 숲에 들어가 삼나무를 베고 있었다. 거대하고 울창하게 쭉 뻗은 삼나무가 도끼질에 쓰러질 때마다 광활한 시베리아의 벌판에 눈보라가 휘몰아쳤고, 벌목꾼의 먼 고향인 남쪽 하늘 아래에선 밥 짓는 따사로운 연기가 무럭무럭 피어올랐던 것이었다. 그 벌목공 중에 나이가 가장 연장자이면서 나무를 베기 전 벨 나무들과 많은 이야기를 주고받는—그들의 대화 내용은 벌목공의 일방적인 이야기였지만 이러하였다. "너 참 잘생겼구나. 나이가 몇이냐? 나보다 곱은 살았구나. 내일 너를 벨 생각이다. 니 생각은 어떠냐. 뭐 괜찮다고? 그래 이렇게 추운 곳에 서 있느니 남의 집이라도 화덕 속에 들어가서 몸을 녹이는 게 더 낫겠지." 뭐 이러한 철딱서니 없는 대화였다—늙은 벌목공이 그 숲의 나무 중 가장 굵고 길고 튼튼한 삼나무를 베다가 그만 도끼자루를 연못 속에 빠뜨려 버렸다. 그러자 산신령이 누더기옷을 몸에 칭칭 감고 연못 속에서 걸어 나와 이렇게 말했던 것이었다.

—이 금도끼가 니 것이냐?

벌목공이 양심적으로 말했다면 거짓말이고 익히 들은 동화책 속의 이야기를 영리하게 생각해 내고 이렇게 대답하였다.

—천만에요. 제 도끼는 금도끼가 아닙니다.

그러자 그의 바른 양심에 탄복한 산신령이 다시 물었다.

─그럼 이 은도끼가 니 도끼냐?

벌목공은 그런 황공한 소리는 하지 말라는 듯 손사래를 치며 이렇게 대답했다.

─제 도끼는 은도끼가 아닙니다.

그러자 산신령은 벌목공의 낡은 도끼를 품에서 꺼냈던 것이다.

─그렇담 이 볼품없는 도끼가 니 도끼가 맞겠구나.

─네. 그 도끼가 제 도끼 맞습니다.

벌목공은 이젠 동화 속 이야기처럼 산신령이 금도끼나 은도끼를 자신에게 하사할 것이라 생각하며 경건한 자세로 무릎을 꿇었다. 그러자 산신령이 진노하며 이렇게 말했다.

─감히 이 연못이 어떤 곳인데 이따위 도끼를 빠뜨렸단 말이냐. 완전히 간땡이가 부었구나. 너도 한번 도끼로 이마가 까져 봐야 한다.

그러고는 도끼를 집어던져 늙은 벌목공의 이마를 찍어버렸던 것이다. 그 순간 삼나무 쓰러지는 소리가 들리고 눈이 멈췄던 것이었다.

오신화는 왜 지금 자신이 말도 되지 않는 생각을 하는지 모르겠다고 자책할 때 여자는 눈발 사이로 완전히 몸을 감추었다. 그때 오신화는 자신도 모르게 그녀의 이름을 조용히 불러 보았다.

김미라! 그렇다. 오신화는 추억 속의 그녀를 만나기 위해 내리는 눈발 속을 하염없이 걸었던 것이다. 그녀가 사라진 눈발 속으로 오신화는 달렸다. 달리면 달릴수록 눈발은 더 거칠게 그의 얼굴에 부딪혔다. 오신화는 기차를 생각했다. 추억을 찾아 떠나는 **교통편으론 기차만큼 낭만적인 것**이 없기 때문이었다. 그러자 정말 그때 눈발을 헤치고 기차가 경적을 울리며 오신화 앞으로 달려와선 멈추어 서는 게 아닌가. 그러곤 철도 마크가 찍힌 모자를 깊게 눌러쓴 **역장**이 눈발 속에서 걸어왔다. 역장은 왼팔에 안전제일이라는 완장을 두르고 있었다. 역장은 오신화를 슬쩍 한번 쳐다보곤 그의 뒤편으로 걸어가 버렸다. 오신화는 뭐 그럴 수도 있지 하며 기차를 바라보았다. 기차는 성난 황소처럼 바퀴 밑으로 콧김을 연신 뿜어내었고 객차 벽에는 이런 글귀가 씌어져 있었다. **'지상에서 지옥까지'** 오신화는 그 글귀에 조금은 당황하였으나 세상 살아가다 보면 어디 당황스러운 일이 이런 일뿐이겠는가 하며 뒤로 돌아 역장을 찾아보았다. 그런데 역장은 눈발 속으로 사라진 김미라와 함께 서 있는 것이었다. 오신화는 이제 조금은 황당하였지만 어디 세상 살아가는 데 황당한 일이 이런 일뿐이겠는가 생각하며 그들에게 걸어갔다면 거짓말이고, 오신화는 정말 황당무계한 이 사태를 어떻게 받아들여야 좋을지 몰랐다. 역장은 김미라가 몸에 두르고 있는 낙타 털을 한번 만져보고는 도끼에 이마가 찍힌 **시베리아 벌목공 같은 얼굴**로 눈발이 날리는 허공을 향해 소리를 질렀다.

―기차가 곧 출발합니다!

그러곤 김미라와 함께 오신화에게로 걸어왔다. '그렇담 이제 김미라와 함께 이 기차를 타고 먼 추억을 찾아가는 것일까?' 오신화가 이렇게 생각하고 있을 때 역장은 자신의 오버 깃에 내려앉은 눈을 털어내곤 이렇게 말했던 것이다.

―지금 이 기차는 단 한 분밖에 태울 수 없군요. 손님은 다음 기차를 이용해 주시기 바랍니다.

오신화는 그제야 객차 안을 자세히 볼 수 있었다. 역장의 말대로 객차 안은 사람들로 인산인해를 이루고 있었다. 마치 그 옛날 피난민의 행렬 같았다고나 할까. 선반 짐칸엔 아이들이 올려져 있었고 간간이 노망 난 노인들도 짐칸 위에서 떨어지지 않으려고 발버둥을 치고 있었다. 왜 하필이면 나 때에 만원이란 말인가. 오신화는 '왜?'라는 가장 원초적이고 철학적인 질문을 하며 눈발이 날리는 허공을 쳐다보았다. 그러나 허공에서 아래를 내려다보는 것이 있었으니 그것은 객차 지붕 위에 버글버글 모여 앉아 있는 사람들이었다. 추억의 기차는 다 이런가. 저 많은 사람들도 추억을 찾아가기 위해 이 기차를 탔단 말인가. 그런데 왜 하필 나만 자리가 없다는 건가. 오신화가 그런 의문에 빠져 있을 때 역장이 오신화의 마음을 알아채곤.

―어쩔 수 없습니다. 만약 이 기차에 한 사람이라도 초과해 태울 시에는 기차가 무너져 버릴 겁니다. 저 많은 분들을 위해 선생께서 희생해 주십시오.

역장의 말이 끝나자 김미라는 말했다.

―역장님, 추워요. 제 자리는 어디쯤이죠? 그리고 아저씨, 제 몸 좀 힐금거리지 마세요. 저질스럽게시리.

뒷말은 오신화에게 한 말이었다. 그 말에 얼굴이 붉어진 오신화가 김미라를 뚫어지게 쳐다보았다면 거짓말이고 오신화는 김미라의 눈을 피하곤 이렇게 말했다.

―혹시 저를 기억 못하시겠습니까?

김미라가 말했다.

―그럼 아저씨는 절 아세요?

오신화가 말했다.

―네, 알고 있습니다. 이름은 김미라. 영생고아원 출신이고.

김미라가 낙타 털에 묻은 눈을 털어내며 무덤덤하게 말했다.

―네 맞아요. 영생고아원 출신이에요. 아이참, 이렇게

꾸물거리다간 기차가 떠나겠어요.

그러고는 김미라는 종종걸음을 치며 기차에 올라탔다. 너무나 무덤덤한 김미라의 반응에 오신화는 자신이 혹 잘못 본 것은 아닌가 하는 의심이 들었지만 오신화는 영생고아원의 김미라가 맞다는 것을 알 수 있었다. 김미라는 어릴 적, 별이 삼형제처럼 검은 사마귀 세 개가 왼쪽 눈 아래에 나 있었던 것이다. 오신화는 그녀가 김미라라는 것을 확신하고 여자를 뒤쫓아 기차에 올라타려고 하였다. 그러나 역장이 황급히 뒤쫓아와 그를 저지했다. 기차는 기적을 크게 울리고 천천히 바퀴를 구르기 시작하였다. 어찌나 사람들이 많이 탔는지 기차는 바퀴를 구르면서 허리뼈 부러지는 소리를 냈다. 오신화는 영화 속 한 장면처럼 역장을 뿌리치곤 눈발 속으로 미끄러져 가는 기차를 향해 뛰면서 김미라의 이름을 불렀다. 바로 그때 객차의 창문을 사이에 두고 아주 잠깐 김미라와 오신화의 눈빛이 서로 얽혔다.

하지만 기차는 경적을 울리며 눈발 속으로 미끄러지듯 사라져갔다. 다급한 오신화가 소리를 질렀고, 김미라도 소리를 질렀다.

―김미라, 항상 너를 잊지 않았어!

―신화 오빠! 제발 나를 잊어

그 둘의 말이 이러했다고 생각하는 건 역장의 생각일

뿐이고.

―김미라, 생까는 건 여전하구나!

―미친놈, 재수 없게!

이런 대화였다면, 이건 누구의 생각일까. 하여간 오신화는 내리는 눈발 속으로 완전히 자취를 감춘 그러나 간간이 멀리서 들려오는 기적 소리를 향한 채 하염없이 서 있었다. 그런 오신화의 어깨를 툭 치며 역장이 이렇게 말했다.

―이별이란 다 그렇게 슬픈 겁니다. 저들은 이제 다시는 이곳에 돌아오지 못합니다. 댁은 그래도 운이 좋은 겁니다. 아직은 다음 기차가 올 때까지 시간이 있으니까요.

그러곤 자신의 오버코트 주머니에서 담배를 한 대 꺼내 피곤 오신화에게도 권했다. 오신화는 생각 없다는 듯이 손사래를 치며 역장에게 물었다.

―저들은 어디로 가는 겁니까?

―아까 못 보셨습니까? 저들의 종착지는 지옥이죠.

―추억으로 가는 기차가 아니었습니까?

―하긴 살아생전 이 세상이 지옥이었으니 죽어서 이 세상을 추억할 수 있는 곳은 지옥뿐일 테니까 그 말도 일리가 있군요.

역장은 시계를 들여다보며 또 이렇게 말했다.

―한 시간 뒤에 은하계의 사수자리를 통과하는 기차

가 옵니다. 안에 들어가서 뜨거운 엽차라도 드시며 기다리시죠.

─혹 다음 기차의 종착지는 어딘지 아십니까?

─그건 비밀입니다. 종착지를 다들 궁금해하는데 그걸 말해주면 대부분 도망을 가요. 죄송합니다. 지옥인지 천당인지 전 말할 수 없습니다.

그러나 오신화는 다음 기차의 종착지를 알 수 있었다. 자신을 태우러 온다면 그건 분명 지옥행일 것이니까. 순간 오신화는 휘몰아치는 눈발 속으로 내달렸다. 더 정확히 말하자면 도망을 쳤던 것이다. 죽어라 하고, 여기서는 죽을 수 없다 하고. 그러나 자신은 이미 죽은 게 아닌가 하는 의문을 품고 눈발 속으로 내달렸다. 그런 오신화를 향해 역장이 큰소리로 외쳤다.

─전 종착지가 어딘지 말하지 않았습니다!

그러나 오신화는 듣지 못했다. 기차의 바퀴를 굴리는 거대한 피스톤의 운동처럼 자신의 심장이 터질 듯이 웅웅대며 펌프질을 하고 있었기 때문이었다. 그리고 오신화가 완전히 눈발 속으로 사라졌을 때 역장은 나지막이 지껄였다.

─다음 기차는 천국행인데.

간혹 자신이 타야 할 지옥행이 만원이면 운 좋게도 천국행을 타는 사람들도 있었던 것이다. 하여간 자신의 운명을 지지리도 재수가 없는 팔자로 만든 오신화는 달렸다. 어찌나 빨리 달렸던지 김미라가 탔던 기차가 보이기 시작했고 객차의 창에 어슴푸레한 김미라의 실루엣이 보이기 시작했다. 그때 김미라도 기차를 따라 뛰어오는 오신화를 발견하였는데 김미라는 객차의 창문을 열어젖히고 뛰어오는 오신화를 향해 소리쳤다.

—제발 나를 잊어 줘요! 오신화 오빠.

오신화는 김미라가 자신의 이름을 부르는 것을 보곤 황급히 그곳을 벗어나 달렸다.

—**지옥에 가려면 혼자서나 갈 것이지, 내 이름은 왜 불러. 저러다 기차가 멈추면 어떻게 하려고.** 고아원에서 만났던 애들은 평생 도움이 안 된다니까.

오신화는 달렸다. 달리고 달려 그렇게 내리는 눈발 속에서 거짓말처럼 훌쩍 벗어나왔는데 어느덧 그곳은 놀랍게도 자신이 자란 영생고아원 앞이었다.

—에이씨, 꼭 와도 기억하고 싶지 않은 곳에 오냐. 이름이 영생이 뭐냐. 영생토록 고아로 지내라는 소린가.

그때 중년의 뚱뚱하고 심술 사나운 수녀가 걸어 나왔는데 이십 년 만에 보는 얼굴이지만 오신화는 그 수녀가 누군지 알 수 있었다. 그 시절 밤마다 아이들을 매질하며 "주여, 무료하옵니다! 지루하옵니다! 오, 주여! 제게 불량한 이야기를 들려주십시오! 오, 주여! 용서하소서!"라고 외치던 **원장수녀**였던 것이다. 원장수녀는 그때나 지금이나 고함부터 치고 있었다.

―누굴 찾아오신 거죠?

그런 원장수녀의 뒤에서 놀랍게도 눈이 쭉 찢어진 어린 오신화가 불쑥 튀어나와 자신을 향해 감자를 먹이고 얼른 원장수녀의 치마폭 뒤로 숨어 버리는 것이었다. 오신화는 어릴 적 자신의 모습인 어린 오신화의 느닷없는 출현에 놀라기보다 녀석의 싸가지없는 행동에 잠시 이성을 잃고 당장에 쫓아가서 녀석의 따귀를 후려치고 싶은 충동을 느꼈지만 참았다. 그러곤 자신도 알 수 없는 짧은 회한에 빠져들었다.

오신화가 고아원을 뛰쳐나온 것은 아홉 살 때의 일이었다. 원장수녀가 밤마다 **색다르고 불량한 이야기**를 아이들에게 하나씩 짓게 하여 재미없는 이야기를 짓는 아이들은 잠을 재우지 않으며 매질을 가했던 것인데 그것 때문에 오신화가 고아원을 뛰쳐나왔다면 새빨간 거짓말이고, 오신화는 그때 고아원을 탈출하다 돼지게 얻어맞고 붙잡혀 온 한두 살 위의 얼뜨기 녀석들에게 자신은 도망치면 절대 붙잡히지 않는다는 것을 보여 주기 위해 고아원을 탈출했던 것이다. 그 뒤로 그는 다시는 고아원으로 돌아갈 수 없었다. 자신의 말에 책임을 져야 했기 때문이다. 그러나 사실 누구도 그를 쫓아오지 않았고 그를 찾지도 않았다. 도대체 왜 탈출한 녀석들이 붙잡혀 오는지를 오신화는 이해할 수 없었다. 그리고 다 큰 어른이 되어서야 막연하게나마 '아마도 녀석들은 아무도 자신들을 찾지 않자 정말 세상에 의지할 데 없는 고아가 된 듯한 불안한 마음의 자기 자신에게 붙들려서 제 발로 고아원으로 걸어 들어 온 게 아닐까' 혹은 '**색다른 이야기를 잘 짓는** 나를 고아원에서 쫓아내기 위한 얼뜨기 녀석들의 비열한 음모가 아니었을까?' 의심하였던 것이다.

오신화는 원장수녀를 보곤 인사를 하기보단 자신이 알몸이라는 것을 떠올리고 얼른 측백나무 뒤로 가서 몸을 감추었다. 원장수녀는 그런 오신화를 향해 더 크게 고함을 쳐댔다.

―댁은 누구요? 그 나이에 길 잃은 양은 아닐 테고. 대답 안 하면 경찰을 부를 테요!

오신화는 어떻게 말해야 좋을지 몰랐으므로 원장수녀가 좋아할 만한 이야기를 될 대로 되라는 식으로 지껄였다.

―이곳에 오면서 교활한 늑대를 만났지 뭡니까.

이렇게 말을 꺼낸 오신화는 자신이 정말 이곳에 오면서 교활한 늑대를 만난 듯한 착각에 빠지고 말았다. 계속해서 지껄여 댄 오신화의 이야기를 정리하면 다음과 같다.

배고픔과 추위에 허덕이면서 숲속을 방황할 때 오신화는 어느 깊은 연못가에 다다랐던 것이다. 그곳에서 목을 축였는데 물은 상상을 초월할 정도로 달콤했고 또 그 냄새는 꿉꿉한 게 페로몬 향 같았다. 하여간 그는 맛과 냄새가 자신의 구미를 완전히 충족시켜줬으므로 자신의 위장이 견딜 수 있는 한계를 수십 번이나 초월하면서 근 삼십 드럼의 연못물을 마셨다면 그 또한 거짓말이고, 어쨌거나 어찌나 퍼마셨던지 그가 더이상 말도 못하고 그렇다고 비명도 못 지르고 넋이 빠져 연못을 하염없이 들여다보고 있을 때, 연못이 마치 여자의 음부처럼 그의 눈에 비치기 시작하였다. 연못 주변으로 난 무수한 마른 갈대 잎은 거웃과 같았고 연못 주변 질퍽한 늪지는 또한 무엇과 같았던 것이다. 그리고 오신화의 눈앞에서 기적적인 일이 벌어졌는데 연못의 주변이 금테를 두르며 황금빛으로 빛나는 것이었다. 참으로 오묘한 연못이구나 생각하곤 오신화는 하릴없이 연못에 돌멩이를 집어던졌다. 그러자 연못이 그 작은 돌멩이에 전 존재가 부서지듯이 아파하며 요동을 치더니 연못 속에서 늑대 한 마리가 어슬렁거리며 걸어 나왔다.

오신화가 험악한 늑대를 보곤 슬금슬금 자리를 피하려고 하자 늑대가 "그냥 가면 어떻게 하나, 올 땐 마음대로 왔지만 갈 땐 그리 못하지. 돼지 삼형제가 있는 곳을 가르쳐 줘. 아니면 목을 따서 연못에 처넣어 버릴 테니"라고 말했다. 오신화는 그런 소리는 자신이 남에게 많이 해봤지만 듣기는 처음이었다. 그러므로 기가 막혀 오금이 저리고 손발이 냉해지는 걸 느꼈고 언젠가 보았던 수지침을 생각해 내곤 바늘 끝 같은 솔잎을 따서 발가락 끝에서부터 머리통 끝까지 경혈이란 경혈은 모조리 찾아 침처럼 꽂고는 막힌 기를 뚫었던 것이라고 하면 이 말 또한 거짓말이고, 간신히 안정을 되찾은 오신화는 "어쭈, 이 늑대 새끼. 그래, 돼지 삼형제가 있는 곳을 내가 어떻게 안다고 생각해?"라고 말했다. 그러니까 늑대가 '실례합니다' 라는 말도 없이 새치기하는 대머리신사처럼 오신화의 다리 한쪽을 덥석 베어먹어버렸던 것이다. 오신화는 너무나 황당하고 분한 나머지 소리도 지르지 못했으므로 또다시 경혈이 막혀 온몸의 감각이 마비되었다. 그것으로 인해 처음부터 늑대가 먹은 다리는 자기의 다리가 아닌 것처럼 생각되었고 **성경의 어느 구절처럼 왼쪽 뺨을 때리면 오른쪽 뺨까지 내어 줘라** 하는 도가 좀 지나친 인내를 강요한 말씀을 생각해 내곤 자신의 오른쪽 다리까지 늑대에게 내밀었던 것이다. 당연히 늑대는 일말의 양심의 가책도 없이 이번엔 뻔뻔하게 자신의 가족까지 그 앞에 세우는 새치기 대머리신사처럼 그 다리를 맛있게 먹어치워버렸던 것이다. '에이씨! 이 늑대 새끼가, 너 내가 누군지 알아? 영악하기는 붉은부리구관조 뺨치고 비열하기는 코끼리 삼킨 보아뱀 뺨치는 오신화야. 또한 용감무쌍하기로는 인기 톱 밀림의 왕자 레오 같지'라고 말하지 못하고 오신화는 "나도 내가 여기에 왜 있는지 모르겠는데 돼지 삼형제가 어디에 있는지 낸들 어떻게 알아?"라고 늑대에게 말했다.

그러자 늑대가 참 맛 한번 더럽다는 듯이 오만 가지 인상을 찌푸리며 오신화의 몸통마저 먹어치워버렸다. 마침내 오신화는 달랑 머리통 하나만 남았다. 오신화가 늑대를 보며 "아무리 비열한 늑대라지만 처음 본 사람한테 이래도 되나. 사람이고 짐승이고 경우라는 것이 있는데, 더이상 말하면 내 입만 아프고 죽을 때 죽더라도 한 가지 물어보자. 저게 정말 연못이냐? 금테를 두른 것을 보니 범상치 않은데"라고 물었다.

늑대는 경우도 없이 오신화에게 너무 심하게 한 게 아닌가 생각하여 자신은 절대 그런 예의 없는 늑대는 아니라는 듯 살짝 덧니를 보이며 미소를 지었다. 그러곤 발설하면 자신의 목숨이 위태로울 수 있는 굉장한 비밀을 특별히 너에게만 말해 주겠다는 듯 주위를 두리번거린 뒤 오신화의 귀에 대고 "저 연못은 말이지 무엇이든 삼켜 버리는 거대한 여신의 음부야. 저곳엔 성질 더러운 산신령도 사시지. 그분이 얼마나 성질이 더러우냐면 연못에 도끼를 빠뜨린 나무꾼들은 모조리 그분의 금도끼 은도끼에 이마가 빠개졌다니까. 행여 너는 연못에 도끼를 빠뜨리지 마. 하여간 연못이 금테를 두른 것은 다른 허접스러운 음부들과 다르다는 것을 표시하기 위함이지. 자, 이제 네가 말할 차례야"라며 조용히 속삭였다.

오신화는 순간 자신이 연못의 물을 마셨던 것을 떠올리곤 속이 메스꺼워지는 것을 느꼈으나 "좋아. 그런데 왜 여신의 음부가 여기에 있는 거야?"라고 물어보았다. 늑대는 꼬치꼬치 캐묻는 오신화가 귀찮다는 듯이 "여신은 자신의 거기를 소중히 보관하려고 그러는 거야. 이 광활한 숲속에는 이런 여신들의 음부가 수백 개는 넘어. 하긴 그게 다 너 같은 인간 잡종들이 무서워서 보관해 두는 거지. 됐냐?"라고 말했다.

"너 같은 늑대 새끼가 더 위험한 거야. 우리 인간세계에서는 여자를 보면 사족을 못 쓰는 놈들을 늑대에 비유하지. 그러니까 네놈이 영계 돼지들을 찾는 거 아니야." 그 소리에 늑대는 기가 막혀 죽겠다는 듯이, 억울해 더는 못 살겠다는 듯이 숲속을 미친 듯이 펄쩍펄쩍 뛰어다니며 목에 걸린 닭 뼈 뱉듯 컹컹거리며 울다가 다시 돌아왔다. "야 씨벌

놈아. 말 다했어? 난 말이야 여신의 음부를 지키는 신성한 임무를 띠고 이곳에 있는 거라고. 그리고 말이야 돼지 삼형제에 관한 일은 내 고유한 권한이야. 잡아서 데쳐 먹든 고아 먹든 넌 신경 쓰지 마. 말해, 돼지들 어디 있어?" 늑대는 당장에 오신화의 대가리를 집어삼켜 버릴 것처럼 으르렁거렸다.

  오신화는 아무 생각 없이 너무나 태연하게—정말 모르니까—입이 나불대는 대로 지껄여 버렸다.

  —잘 들어. 이 숲에서 제일 크다는 삼나무를 찾아봐. 그럼 그 아래 도끼에 이마가 뽀개져서 죽은 늙은 벌목공이 있을 거야. 그 벌목공의 윗주머니를 뒤져 보면 지도가 한 장 나와. 그 지도는 똥 닦는 데나 쓰고 다른 주머니를 찾아봐. 그럼 거기에 손바닥만 한 수첩이 나오는데 수첩을 탈탈 털어보면 아무것도 안 떨어져. 그럼 이게 뭐야 하고 집어던지지 말고 수첩에서 광동반점이라는 중국집 전화번호를 찾아봐. 그리고 전화 걸어서 그 집 주방장을 바꿔 달라고 해. 주방장이 받으면 이렇게 얘기해 줘. "짜장면에 철수세미를 넣었나, 차라리 철수세미를 말아 먹는 게 낫겠네. 너 앞으로 함부로 음식 만들지 마. 철수세미로 확 얼굴을 밀어 버릴 테니까"라고 말해. 그럼 주방장이 열 받아서 "너 어떤 새끼야?" 하고 말할 거야. 그렇다고 "나 늑대야"라고 말하면

안 돼. "나 구김세탁소 장씨다"라고 말하고 얼른 끊어. 곧이어 멀리서 시끄럽게 사람 싸우는 소리가 들릴 거야. 그리고 그중 한 놈이 철수세미로 얼굴을 밀어 버리든지 다리미로 얼굴을 지져 놓든지 할 건데 하여튼 어떤 놈이 사고를 치든 이 숲의 삼나무 아래로 올 거야. 그럼 기다렸다가 경찰에 신고해. 신고도 자꾸 해, 버릇 들면 재밌고 즐거워. 그럼 경찰이 출동할 건데 그놈 잡아갈 때 돼지 삼형제 가출 신고도 같이 하라고. 그러면 경찰이 알아봐 줄 거야. 이틀만 기다리면 전화가 와. 꼭 이틀 동안 전화기통 옆에서 기다려야 해. 왜냐면 딱 한 번 오거든. 전화가 오면 잽싸게 받고, 돼지 삼형제는 왜 찾느냐고 물으면 그냥 공손하고 선량한 목소리로 **돼지들이 소풍 간다고 하고 집을 나갔는데 아직도 안 돌아온다**고 말해. 그럼 잠시 전화기 안에서 지들끼리 뭔 말을 주고받아. 왜 그러는지 몰라. 말해 줄 거면서도 굉장히 뜸을 들인다니까. 그래도 참아. 참으면 저쪽에서 내가 가르쳐 주면 나한테 뭐 줄 건데 하는 목소리로 너의 이름을 물어볼 거야. 그럼 너는 "나는 늑대다"라고 말하면 산통 다 깨지는 거야. 그냥 이렇게 얘기해. 늑대의 탈을 쓴 사람이라고. 그럼 저들도 더이상 질질 끌지 않고 이야기 해줄 거야. 하지만 오늘은 특별히 내가 가르쳐 줄게. 고마운 줄 알고 잘 들어. 넌 오늘 나 때문에 시간과 돈을 번 거야. 받아

적어. 그곳은 영생고아원이야. 이곳에서 사방팔방 아무 곳이나 휘젓고 삼 킬로만 가면 돼. 왜냐고? '길 잃은 자들 앞에 등불처럼 따스한 영생고아원 항상 같이 있습니다'라는 문구가 그곳 정문에 쓰여 있으니까. 너는 길만 잃어버리면 되는 거야. 그런데 **나 잡아먹고 배불렀으면 됐지. 돼지 삼형제는 왜 또 찾아?**

늑대는 오신화의 길고도 지루한 말을 하나도 안 놓치고 빼곡히 자신의 머릿속에 적어 넣었다. 그리고 그의 말이 끝나자 펜을 귀에 꽂고 뒷발로 오신화의 머리통을 뻥 차버리고는 이렇게 말했다면 거짓말이고 늑대는 거짓말처럼 흐느끼며 흐느끼다 못해 눈물로 자신의 배꼽 털을 다 적시며 말했다.

―사실 난 돼지 삼형제의 엄마야. 동창회 가서 정신 놓고 화투를 치다가 삼광의 꽃밭에 들어가 버렸지 뭐야. 그리고 그 꽃밭에서 길을 잃어버렸어. 길만 잃어버린 게 아니라 팔광의 보름달 같은 대머리 중년의 늑대한테 잡아먹혀 버리고 말았지 뭐야. 그래도 싸지. 암, 이년은 그래도 싸. 화투에 정신 팔려 집에 있는 자식새끼들도 잊어버렸으니 잡아먹혀도 싸지. 암, 싸고말고. 그 뒤부터 난 늑대가 되어 버렸던 거야. 아, 귀여운 내 아기 돼지 삼형제를 찾아야 해.

오신화가 여기까지 말을 마치자 원장수녀는 "오 주여, 오 주여, 가련하고 불쌍한 돼지 엄마의 영혼을 부디 불쌍히 여기셔서 천국에 보내 주소서"라고 가슴을 쥐어뜯으며 울부짖었다면 그건 측백나무 뒤에 몸을 가리고 되는 대로 말을 지껄여대던 그러나 자신의 말이 그럴싸하여 자신도 감동해 버린 오신화의 생각이었다면 그것 또한 거짓말이고, 그때까지 원장수녀의 검은 치마폭 뒤에 몸을 숨기고 어른 오신화의 이야기를 듣고 있던 어린 오신화의 생각이었다. 어린 오신화는 고아원 애들 몰래 자신만 보려고 땅에 묻어 둔 동화책 중에 그런 비슷한 이야기를 읽은 적이 있었다. 그 동화를 읽고 어린 오신화는 자신이 태어나자마자 자신의 엄마도 늑대에게 잡아먹혀 버린 것이 아닌가 하고 얼굴도 모르는 엄마를 그리며 밤낮없이 동구 밖까지 뛰어나가 새벽별이 질 때까지 울었던 것이었다. 울거나 말거나 원장수녀는 오신화의 이야기를 다 듣고 난 뒤, "그래서 뭐가 어찌됐다는 겁니까? 당신이 그 늑대란 겁니까, 돼지삼형제의 엄마란 겁니까? 어디서 그런 씨알도 안 먹히는 재미없는 소리를 하고 있어."라고 말했던 것이었다. 그러나 여기서 물러날 오신화가 아니었다.

―원장수녀님께는 따로 긴히 드릴 색다른 이야기가 있습니다. 아이 앞에서 말하기가 좀 곤란한데 안으로 들어가

서 말씀드리면 안 되겠습니까?

원장수녀는 자기에게만 긴히 할 색다른 얘기가 있다는 말에 자신의 가슴이 왜 크리스마스 카드처럼 벌렁거리고 자신의 다리가 구세군의 종처럼 딸랑거렸는지 모르겠으나, "좋아요, 내 방으로 오세요. 주님께서 보고 계시니까 재미없는 소리 할 땐 가만 안 두실 거예요." 라고 말했다.

오신화는 원장수녀의 방으로 향하면서 이십 년 만에 다시 온 고아원을 둘러보았다. 원장실로 가는 길에 있는 화장실은 전혀 달라진 것이 없었다.—하긴 그때 그 시절로 다시 돌아왔으니 뭐가 달라졌겠는가—지린내는 코를 찔렀고 그 냄새로 하여 화장실 옆에 관상용으로 심어 놓은 측백나무들은 누렇게 타죽고 있었던 것이다. 그리고 화장실 벽면엔 조잡스러운 낙서들이 가득했고 차마 입에 담지 못할 욕도 쓰여 있었다. 도대체 어떻게 저런 욕을 아이들이 알고 썼단 말인가? 오신화는 이곳의 아이들이 끔찍해지기 시작하였다면 거짓말이고 '나 자신도 이곳의 아이였지 않았는가. 그런데도 이렇게 훌륭하게 잘 자랐고 이젠 원장수녀에게만 은밀하고 긴요한 이야기를 들려줄 만큼 세상의 이치를 웬만큼은 깨달았지 않은가. 저런 낙서를 한다고 다 나쁘게 자라지 않는 거다' 뭐 그런 생각을 하며 뿌듯한 눈길로 낙서를 바라보았던 것이었는데 순간, 오신화는 얼른 달려가 낙서를 지워 버리려고 흙을 한 움큼 집어 들었다. 그 낙서는 남성의 양물을 다듬잇방망이같이 거대하게 그려 놓았으며 여자의 음부를 속눈썹이 긴 낙타눈깔처럼 그려 놓았던 것이었다. 그리고 낙타의 눈깔은 굵은 몇 방울의 눈물을 흘리고 있었다. 그러나 거기까지는 문제가 될 게 없었으나—뭐 놀랠 일도 아니지 않는가. 동네 담벼락에도 버젓이 그려져 있는 낙서의 일종인데—거기에 찔러 박힌 화살표가 문제였던 것이다. 붉은 화살표가 양물에 하나 꽂혀 있었는데 그 화살표 끝엔 이렇게 쓰여 있었다. **오신화 꺼**. 그리고 음부에 찔러 박힌 화살표에는 이렇게 쓰여 있었다. **김미라 꺼**. 오신화는 흙으로 우선 대충 지워버리고 가래침을 퉤 뱉곤, "추잡한 새끼들 걸리기만 해봐라."라고 지껄여 대며 황급히 원장실로 향했다.

원장수녀는 김이 폭폭 뿜어져 나오는 난로 위의 주전자처럼 오신화가 원장실에 들어오자 어쩔 줄 모르고 횡설수설했다. "주님도 용서하실 거예요. 색다른 이야기는 주님도 좋아하시거든요. 우린 주님 앞에서 다 발가벗은 길 잃은 어린양이죠. 우선 뜨거운 엽차라도 한잔 하시겠어요? 아님, 난롯불을 쬐시던가." 뭐 이런 말이었는데 오신화는 자신의 언 몸을 녹이기 위해 난롯불로 가까이 다가섰다. 어찌나 난로의 화력이 좋던지 난로에 가까이 다가가자마자 오신화의 언 몸은 바다에 빠진 소금인형처럼 형태도 없이 순식간에 녹아 버렸고 오신화가 있던 자리엔 누리끼리한 물만 한가득 고였던 것이다. 놀란 원장수녀는 황급히 창문을 열었고 겨울 숲을 향해 이렇게 애원했다.

―겨울 숲아 얼음 같은 찬바람을 일으켜다오. 모처럼 듣게 되는 색다른 이야기를 이렇게 놓칠 수는 없지 않느냐. 오, 제발 숲아. 얼음 같은 바람아. 불어라!

그러자 신기하게도 숲이 서서히 파도처럼 일렁이더니 바람이 불기 시작하였다. 그리고 얼음 같은 찬바람은 기어이 원장수녀의 방으로 폭풍처럼 몰아쳤고 원장수녀는 말아 올린 머리를 중세의 마녀처럼 풀어헤치고 무섭게 휘날리며 더 크게 소리쳤다.

―바람아 불어라! 지상의 모든 것들을 얼려 버려라! 나에게 색다른 이야기를 들려줄 길 잃은 어린양을 따스한 난로로부터 구해라!

찬바람은 더 거세게 몰아치면서 방 안의 의자와 책상을 날려 버렸고 기어이 난로를 번쩍 들어서는 한입에 삼켜 버렸다. 그러나 난로가 어찌나 뜨거웠던지 찬바람은 펄쩍펄쩍 뛰며 "뜨거워! 뜨거워!"를 외치곤 방을 빠져나가 숲으로 달아나 버렸던 것이다. 녹았던 몸을 되찾은 오신화는 한쪽 구석에 처박혀 있는 의자를 끌어다 앉았다. 원장수녀가 풀어헤친 머리 다발을 한 손으로 쓸어 넘기며 홍조 띤 얼굴로 말했다.

―벌써부터 재밌어지는군요. 저한테 매질은 당하지 않겠어요.

자신감을 얻은 오신화는 턱을 한 번 좌우로 털어대며 원장수녀에게 긴밀하고 긴요한 이야기를 하기 시작했다.

―먼 옛날 페르시아의 왕은 낙타들 중에서 가장 아름다운 암낙타를 왕비로 맞아들였습니다. 왜 그런 변태적인 일을 했는지 모르겠지만 페르시아 왕은 밤마다 암낙타의 그곳에 자신의 그것을 넣고는 이렇게 기원하였답니다. "새로운 종족을 번성시켜라, **반인반낙타족**을! 그리하여 세상에 버려진 사막을 정복하라" 뭐 이런 기원이었다는데, 그 낙타 왕비에게는 말하지 못할 고민이 있었습니다. 그건 다름이 아니라 자신이 사랑하던 숫낙타. 암낙타는 페르시아 왕이 아무리 최선을 다해 밤일을 잘해 줘도 즐거움을 느끼지 못하고 날이 갈수록 야위어갔던 것입니다. 왕은 수의사를 불렀고 수의사는 왕에게 이렇게 이야기했습니다. "왕비께선 숫낙타를 생각하고 있습니다. 그러나 전 그 숫낙타가 어떤 낙탄지는 모르겠습니다. 왕비에게 물어보려고 해도 말이 안 통하니 알 수가 있어야 말이죠." 그 말에 크게 진노한 왕은 전국의 모든 숫낙타의 목을 베어버릴 것을 명령하였

습니다. 그때부터 낙타들에 대한 피비린내 나는 살육이 시작되었고 낙타의 긴 피난 행렬이 지구를 일곱 바퀴 반을 돌고도 남았답니다. 그러나 어찌 낙타가 사람을 이기겠습니까. 왕의 명령이 떨어지고 이 년이 지난 뒤엔 숫낙타들은 지구상에서 멸종하고 말았답니다. 이 비운의 소식을 들은 암낙타는 자신 때문에 낙타들이 멸종한 것을 알고 미쳐버렸습니다. 그리고 자신의 눈깔을 뽑아 궁정에 있는 연못에 던져버렸던 것입니다. 그러자 연못 속에서 물의 신이 나와서는 암낙타에게 이렇게 말했습니다. "이 금눈깔이 네 눈깔이냐, 아님 은눈깔이 네 눈깔이냐?" 암낙타는 자신의 타고난 성품대로 솔직하게 자신의 눈깔은 백태가 허옇게 낀 눈깔이라고 말했습니다. 거기에 감복한 물의 신은 암낙타에게 금눈깔 은눈깔을 다 주고 또 한 가지의 소원을 들어주겠다고 말했습니다. 암낙타는 그간의 사정을 물의 신에게 말했고 물의 신은 암낙타에게 이렇게 약속했습니다. "내가 다시 너희 낙타 족을 번식시킬 수 있도록 해주겠다" 그랬답니다. 그리고 얼마 뒤 암낙타는 아이를 낳았는데 그건 페르시아 왕의 소원대로 반인반낙타였던 것입니다. 이 반인반낙타는 평소에는 사람의 모습을 하고 있지만 밤일을 할 때 낙타의 길다란 그것이 밖으로 나와 사정없이 암낙타고 사람 여자고 가리지 않고 최상의 오르가슴을 선물해 준다고 합니다. 저명한 미국 의학 잡지에도 그 오르가슴의 강도에 대한 보고서가 실린 적이 있습니다. 순수한 사람의 혈통을 가진 남자가 줄 수 있는 오르가슴의 백배라고 하니 가히 상상을 초월합니다. 그리고 그의 자손들은 세계 곳곳으로 퍼져 나가서 이젠 세계 인구의 삼분의 일이 그 반인반낙타의 후손이라고 합니다. 그들이 언젠가는 이 세계를 지배할 것입니다. **참으로 슬프고도 아름다운 페르시아 낙타의 이야기**였습니다.

오신화가 이야기를 끝내자 원장수녀는 이렇게 질문했다.

―그럼 그 반인반낙타의 후예들을 어떻게 알아볼 수 있죠?

오신화는 이마에 살짝 손을 얹고 너무 많은 말을 해서 피곤하다는 듯이 잠시 뜸을 들이곤 이렇게 말했다.

―잠자리를 가져 봐야 알 수 있습니다. 평상시에는 어떤 사람이 반인반낙타인지 알 수 없습니다. 평상시에도 구별할 수 있다면 페르시아 왕처럼 질투심 많은 인간의 남성들이 그들을 모두 죽여 버렸을 겁니다. 오묘한 자연의 이치죠.

원장수녀는 잠시 뭔가를 빠르게 계산하는가 싶더니 또 이렇게 질문했다.

―그 보고서가 발표된 잡지 이름이 뭐죠?

오신화는 그것쯤은 이미 다 계산에 넣었다는 듯이.

―**『아메리카 옐로 빅 이벤트』란 잡지**입니다. 전 정기구독을 하고 있습니다만 워낙에 그 잡지는 전문용어들을 많이 써놔서 웬만큼 영어를 구사하는 사람들도 감히 읽을 엄두를 내지 못하죠.

그 말에 원장수녀는 자신의 의심에 찬 눈빛을 호롱불처럼 훅 불어 껐다.

―인간의 백 배라고 했죠? 그럼 여자가 죽지는 않는가요?

오신화는 그런 질문은 수없이 많이 들었다는 듯이 조금은 짜증스럽게 말했다.

―죽은 여자가 있었다면 세계보건기구서 반인반낙타의 성생활을 법으로 금지시키는 결의문을 채택했을 것입니다. 그러니까 다시 말하면 극렬한 쾌락 속에서도 아무도 죽은 사람이 없단 말이죠. 쾌락은 다치는 사람이 없어야 합니다. 그게 자연의 오묘한 이치죠.

원장수녀는 조금은 부끄럽다는 듯이 말을 꺼내지 못하고 입을 달싹거리다가 용기를 내어 말했다.

―그럼 당신은 반인반낙탄가요?

오신화는 놀이공원에 서 있는 거대한 동상의 그늘을 뒤

집어쓴 듯한 어두운 표정을 지으며 말했다.

―그게 말입니다. 그것을 해보기 전까지는 아무도 모릅니다. 그리고 그것을 하는 과정에서는 자신이 반인반낙타구나 하고 알 순 있지만 그것이 끝난 뒤에는 깨끗이 잊어버리죠. 만약 끝난 뒤에 자신이 반인반낙타인 것을 계속해서 기억할 수 있다면 그는 필시 사람들에게 떠들고 다닐 것입니다. 그렇게 된다면 그는 네온사인이 마스카라처럼 번져 있는 어느 후미지고 시시때때로 비가 내리는 골목길에서 인간의 남성들에게 죽임을 당할 겁니다. 그러한 이유로 그 사실은 하기 전에도, 하고 나서도 모릅니다. 그리고 상대방 여성은 더더욱 모르죠. 오직 할 때, 그 과정에서만 알 뿐이죠. 오묘한 자연의 이치입니다. 그런데 전 제가 누군지 알고 있습니다. 제가 반인반낙타라고 제 입으로 말하지 못하는 제가 괴롭습니다. 아니요. 전 절대 말하지 않을 겁니다.

원장수녀는 오신화의 얼굴에 드리워진 놀이공원의 동상의 그늘 같은 어둠을 지우기 위해 다급히 말했다.

―당신이란 말이죠?

―아니요, 제 입으론 차마 말할 수 없습니다.

오신화가 말하지 못하는 자의 슬픔으로 괴로운 듯이 의자에서 일어서자, 원장수녀가 황급히 오신화의 손을 잡으며 말했던 것이다.

─우리 그런 소리 그만하고 저기 청룡열차 타러 가요. 청룡열차를 타고 말할 수 없는 더 많은 이야기를 들려주세요.

그리고 그 둘은 청룡열차의 제일 앞칸에 자리를 잡고 앉았다. 열차는 우아하게 위로 솟은 선로를 따라 수직상승하더니 급격하게 가파른 선로를 따라 미끄러져 내려갔다. 그러곤 점점 가속도가 붙더니 이젠 완전히 바닥에 처박히려고 작심한 것처럼 열차는 그들을 싣고 지옥으로 떨어졌던 것이다. 까마득히 떨어지면서 오신화와 원장수녀는 서로 부둥켜안고 인간이 도저히 지을 수 없는 이야기를 지어대며 비명을 질러댔으며 어느샌가 지옥으로 떨어졌다고 생각할 때쯤 열차는 다시 엄청난 속도로 상승하기 시작하였다. 이런 속도로 높이 올라가다간 천당의 주님을 만날지도 모르겠다는 기쁨과 공포감이 엄습하였으므로 원장수녀는 열차에서 떨어지지 않기 위해 필사적으로 소리를 지르며 오신화의 몸을 부둥켜안았다. 오신화는 자신이 지어낸 이야기에 구토를 해대며 격렬한 쾌감을 맛보았는데 이렇다면 지옥행 기차도 타볼 만하지 않겠는가! 라고 오신화가 생각했거나 말거나 다시 청룡열차는 360도 회전을 하며 지옥과 천당을 그들에게 동시에 보여 주었으며 그때마다 원장수녀는 오신화가 들려주는 색다른 이야기 속에서 몇 번이고 혼절하고 깨어나기를 반복했다. 그런데 이야기가 한 바퀴를 돌고 나자 청룡열차는 급격히 힘을 잃고 멈춰서기 시작하였다. 애가 끓은 원장수녀는 오신화를 잡아 흔들며 청룡열차 위에서 몸부림쳤다. 그러나 결국 열차는 멈추고 말았던 것이었다.

—지금 멈추면 난 어떻게 해? 이 빌어먹을 자식아. 조금만 더 이야기를 지어봐.

원장수녀는 소리치며 열차와 함께 급격히 힘을 잃는 오신화의 주둥이를 깨물어버렸던 것이었다. 놀란 오신화는 마녀 같은 원장수녀를 걷어차고 원장실을 뛰쳐나오면서 뭐 이런 소리를 했던 것이다.

—에이 쌍. 다 이루었다.

그러고는 뛰쳐나오면서 자신들을 엿보고 있었던 **어린 오신화**를 발견하였던 것이었는데 어른 오신화는 어린 오신화가 측은하게 생각되어 어린 오신화에게 이렇게 말했다.

—**엄마 돼지는 돌아오지 않아.** 더이상 이런 데서 기다릴 필요 없어. 그리고 저 돼지 같은 원장수녀를 조심해. 엄마를 잡아먹은 늑댄지 모르니까.

도대체 자신이 왜 그런 말을 했는지 모르겠지만 어린 오신화에게 그 말을 하고 나자 오신화는 가슴 한켠이 철수세미로 문지른 듯 쓰리게 아파왔다. 아프거나 말거나 오신화는 달렸다. 그때 화장실 쪽으로 달리다가 오신화는 또 보았던 것이다. 어디서 나타났는지 어린 김미라가 자신의 뒤를 쫓아오는 것을. 어린 김미라는 자신의 이름을 애타게 부르고 있었던 것이다.

─오빠, 나 꼭 찾으러 올 거지?

─지옥에 가려면 혼자서나 갈 것이지, 내 이름은 왜 불러.

*

그때 홍어조가 인중 쪽으로 흐르던 콧물을 입술로 핥아대며 말했다.

─뭘 그렇게 심각하게 생각하냐? 농담한 거 가지고. 저기 앞에서 유턴하면 되냐?

─내가 엄마 이야기하지 말랬지? 한 번만 더 그 소리 해봐라. 주둥이를 부숴버릴 테니까.

─유턴 맞냐니까?

트럭이 도착한 곳은 오신화의 어릴 적 고아원이었다. 쏟아지는 눈발 속에서 영생고아원 앞 보안등만이 깜박깜박 졸고 있었다.

―정문 앞에 쏟아 놓고 빨리 뜨자.

―뭐해, 얼른 내려.

―이 추운데 나보고 내리라구?

―화물칸 뒷문을 열어 줘야 책을 쏟든지 주워 담든지 할 거 아니냐?

정말 더러워서 못해먹겠다는 듯이 오신화가 차창 밖으로 침을 한번 퉤 뱉고 트럭에서 내렸다. 그러곤 화물칸 뒤쪽으로 뛰어가 뒷문을 열고는 눈을 옴팍 뒤집어쓴 채 다시 트럭에 올라탔다.

홍어조가 화물칸 스위치를 올리자 곧이어 동화책들이 바닥에 쏟아지는 소리가 하늘에 계신 우리 아버지 방귀 뀌는 소리처럼 들렸고, 화물칸의 뒷문이 그 옛날 고아원 화장실 문짝 덜컥거리는 소리를 냈다.

―고아원 녀석들만 좋은 일 났네. 너 혹시 그 위대한 계획이란 게 고아원에 동화책 갖다주는 건 아니었겠지. 아니다, 니 그 돌대가리가 거기까지 생각했겠냐?

홍어조는 어쨌거나 속 시원하다는 듯이 액셀러레이터를 밟아 버렸다.

바로 그때 오신화는 트럭의 사이드미러를 통해 고아원 정문 앞에 산더미만큼 부려진 동화책을 보았던 것이다, 라고 한다면 그건 백미러 속에서 코털을 잡아 뽑고 있는 홍어조의 생각이고 오신화는 그때 눈발 속에서 **푸르게 빛나는 배추 더미**를 보았던 것이다. 오신화는 자신의 눈을 의심하며 그러나 자신의 눈은 의심할 여지 없이 배추 더미를 보고 있었으므로 트럭의 사이드미러를 의심하였으나 사이드미러 또한 의심할 여지 없이 푸른 배추 더미를 비춰 보이고 있었으므로 그 무엇도 의심하지 않고 홍어조에게 이렇게 말했다.

―너 금테 두른 연못 이야기 들어봤냐? 그 연못 주위를 배회하면 늑대 한 마리가 연못 속에서 어슬렁거리며 기어나와.

―병신 새끼, 재미없으면 죽을 줄 알아. ●

색다른 이야기 읽기 취미를 가진 사람들에게

1판 1쇄 펴냄 2025년 1월 31일

지은이 최치언
펴낸이 구한민
펴낸곳 낮과밤
교정교열 김상미

주소 (01035) 서울특별시 강북구 인수봉로 68길 19-6(수유동)
전화 02) 6368-1228
팩스 0504) 234-0387
전자우편 dayandnight999@naver.com
등록 2022.06.22. 제 2022-000031호

Printed in Republic of Korea
ⓒ낮과밤, 2025.
ISBN 979-11-979283-9-0(03810)

이 도서는 2024년 문화체육관광부의 '중소출판사 성장부문 제작 지원' 사업의 지원을 받아 제작되었습니다.